閱讀經典，成為更好的自己

愛　經　典

鏡中奇緣

Through the Looking-Glass,

AND WHAT ALICE FOUND THERE

路易斯・卡洛爾 Lewis Carroll 著　顧湘 譯

緣起

愛
經
典

　　卡爾維諾說：「『經典』即是具影響力的作品，在我們的想像中留下痕跡，並藏在潛意識中。正因『經典』有這種影響力，我們更要撥時間閱讀，接受『經典』為我們帶來的改變。」因為經典作品具有這樣無窮的魅力，時報出版公司特別引進大星文化公司的「作家榜經典文庫」，期能為臺灣的經典閱讀提供另一選擇。

　　作家榜經典文庫從二〇一七年起至今，已出版超過六十本，迅速累積良好口碑，不斷榮登豆瓣讀書暢銷榜。本書系的作者都經過時代淬鍊，其作品雋永，意義深遠；所選擇的譯者，多為優秀的詩人、作家，因此譯文流暢，讀來如同原創作品般通順，沒有隔閡；而且時報在臺推出時，每部作品皆以精裝裝幀，質感更佳，是讀者想要閱讀與收藏經典時的首選。

　　現在開始讀經典，成為更好的自己。

獻給一個親愛的小孩，

紀念一個盛夏。

To a dear child in memory
of a summer day.

目次

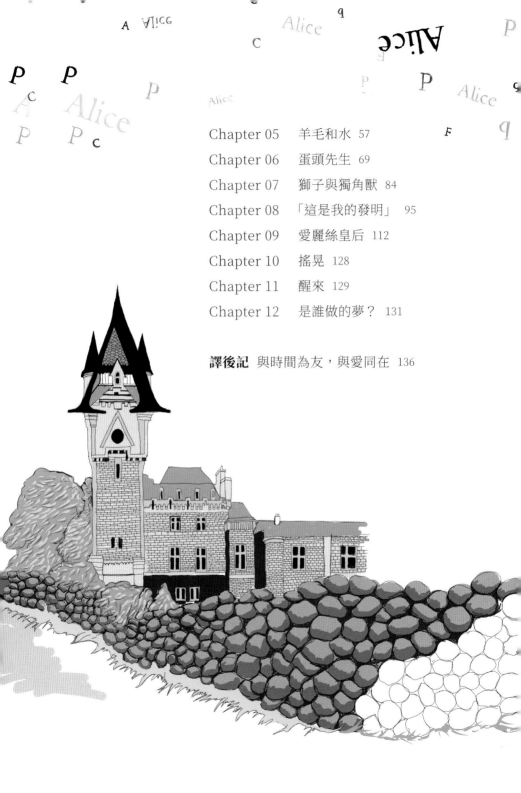

眉宇無憂的純真孩童，
　　驚奇的眼眸如珠如夢
縱然時光飛逝如白駒，
　　而妳我年歲差大半輩，
願以愛為妳寫的童話，
能夠換得妳甜美笑容。

聽不見銀鈴般的笑聲，
　　也看不到妳明媚面孔。
往後妳年輕的生命裡，
　　應當將不會有我一席，
現在妳能聽我的故事，
這樣我已經滿心足意。

曾有天夏日陽光耀眼，
　　一個故事在那時展開，
船槳嘩嘩地在水裡划，
　　應和著簡單的小樂曲。
嫉妒的長日叫我忘記，
回音仍在記憶中響起。

來吧，請妳來聽一聽，
　　趁嚴厲的訓責還沒來，
還沒被催趕上床睡覺。
　　悶悶不樂的小女孩啊！
我們只是年長的孩童，
一天又將盡令人心焦。

外面天寒地凍雪茫茫，
　　暴風陰鬱瘋癲怒無常。
屋裡紅紅爐火燒得旺，
　　庇護愉快的童年時光。
神奇的詞句引人入勝，
便聽不見風嘶嘯如狂。

雖然貫穿整個故事中，
　　有歎息的陰影在顫動，
為那歡樂的夏日已遠，
　　夏日光輝也消失無蹤，
但悲哀歎氣不會影響，
我們童話裡的愛樂思。

Chapter 01

鏡中屋

　　可以肯定的是，這跟小白貓一點關係也沒有──全是小黑貓的錯。因為小白貓已經被大貓洗了十五分鐘的臉了（在我看來，牠還挺能忍耐的）：所以你看，牠不可能參與這場惡作劇。

　　黛娜是這樣給孩子洗臉的：她用一隻爪子揪著小傢伙的耳朵按住牠，另一隻爪子把牠的臉搓個遍，從鼻子倒著往上搓。剛才，正如我說的，她認認真真地給小白貓洗著臉，小白貓老老實實地躺著，輕輕地喵喵叫著──顯然覺得很舒服。

　　但是，小黑貓在下午早些時候就洗過臉了，所以當愛麗絲蜷在大扶手椅一角半睡半醒、喃喃自語時，牠就歡蹦亂跳地大玩特玩愛麗絲辛苦繞捲的毛線團，把它滾來滾去，弄得全散了，眼看在爐前地毯上散成糾纏不清亂糟糟的一攤，小貓則在毛線中間追著自己的尾巴團團轉。

　　「哎，妳這個小壞蛋！」愛麗絲喊，抓起小貓親了一下，讓牠知道自己做了壞事。「真是的，黛娜該教教妳規矩！黛娜，妳知道妳應該教教的！」她用責備的眼神看著大貓，口氣盡量地嚴肅補上一句，說完就帶著小貓和毛線團爬回扶手椅，重新繞起毛線來。不過她繞得很慢，因為她一直在說話，有時對小貓，有時對自己。小貓端正地坐在她膝上，假裝看著她繞，時不時伸出一隻爪子輕輕地碰碰毛線球，好像如果可以牠也很想幫忙似的。

「妳知道明天是什麼日子嗎，凱蒂？」愛麗絲說，「要是妳剛才跟我一起在窗戶邊，妳會猜到的——不過，當時黛娜在給妳洗臉，所以妳不可能猜到。我看見男孩們在為準備篝火撿樹枝，那要很多很多樹枝，凱蒂！可是天那麼冷，還下雪，他們只好先不撿了。沒關係，凱蒂，我們明天就可以看見篝火了。」說到這裡，愛麗絲用毛線在小貓脖子上繞了兩三圈，想看看好不好看，小貓抗拒了，引起一場混亂，毛線球滾到了地板上，又散開了。

「妳知道嗎？我很生氣，凱蒂，」等她們重新坐好，愛麗絲接著說，「每次看妳這樣胡鬧，就想打開窗把妳扔到雪地裡去！妳是罪有應得，妳這個寶貝小壞蛋！妳還有什麼話好說？現在別打斷我！」她豎起一根手指說，「我來告訴妳，妳犯了哪些錯。第一個錯：今早黛娜給妳洗臉的時候，妳尖叫了兩聲。這妳賴不掉，凱蒂，我可是聽見了！妳說什麼？（假裝小貓說了話）她爪子弄到妳眼睛了？嗯，那也是妳的錯，誰叫妳要睜眼睛呢——要是妳好好閉著眼睛就沒事了。所以別再找藉口啦，聽好！第二個錯：剛才我把一碟牛奶放到雪花面前，妳就扯她尾巴，把她拉開！什麼，妳口渴，是嗎？妳怎麼知道她就不渴呢？再說第三個錯：妳趁我沒注意，把毛線團全弄散了！」

「妳做了三件壞事，凱蒂，還一件都沒處罰妳呢。我要把所有妳該受的處罰都累計起來，下禮拜三一起算——要是他們也把我該受的處罰都存著，」她繼續說著，與其說是對小貓說話，不如說是在對自己說，「年底他們會怎麼做？那時我會被送進監獄吧，我想。要不——讓我想想——如果每次都是罰我一頓飯不准吃，那麼到了那個悲慘的日子，我就要一下子不准吃五十頓飯！好吧，那也不要緊！我寧願不吃，也不要一口氣吃五十頓飯！」

「妳聽到雪花碰上窗玻璃了嗎，凱蒂？真是輕柔又好聽的聲音！就像有人在外面親著窗子。不知道雪是不是愛著樹和田野，才那麼溫柔地親它們。還給它們舒舒服服地蓋上白色的被子，也許還說：『睡吧，親愛的，一覺睡到夏天再醒來。』當它們在夏天醒來時，凱蒂，它們都穿上了一身綠，迎風跳舞——嗨呀，那可真美！」愛麗絲叫道，丟下毛線球拍了拍手，「我真希望那是真的！我覺得秋天樹葉變黃，整片樹林看起來也顯得昏昏欲睡。」

「凱蒂，妳會下西洋棋嗎？別笑，親愛的，我認真問呢。因為，我們剛才下棋的時候，妳在一旁好像都看得懂一樣，當我說『將軍！』，妳還喵了一聲！那真是很棒的一步啊，凱蒂，要不是討厭的騎士歪歪扭扭衝過來，我就贏了。好凱蒂，我們來假裝——」愛麗絲最喜歡說「我們來假裝」了，用這句開頭講出來的花樣，多到我都說不完。昨天她還和姊姊爭了好久，就因為愛麗絲說「我們來假裝是國王們和皇后們」，姊姊個性一絲不苟，說那辦不到，因為她們只有兩個人，最後愛麗絲只好退一步說：「好吧，那妳就當他們中的一個，其他的都我來當。」還有一次她把老奶媽真嚇了一跳，她突然在她耳邊大喊：「奶媽！我們來假裝我是飢餓的鬣狗，妳是一根骨頭吧！」

話扯遠了，還是說回愛麗絲和小貓的對話吧。「我們來假裝妳是紅皇后，凱蒂！我覺得妳要是坐起來，雙臂交叉抱胸，就真的很像她。試試看，乖！」愛麗絲把桌上的紅皇后拿來擺在小貓面前，讓牠照著學，可是沒成功，愛麗絲說主要是小貓沒有乖乖把手交叉起來。為了處罰牠，她把牠抱到鏡子前，讓牠看看自己繃著臉的樣子。「——要是妳不馬上乖乖照做，」她說，「我就把妳丟到鏡子裡的屋子裡去，妳覺得呢？」

「那，妳聽好，凱蒂，別多嘴，我來告訴妳
鏡子裡的房子是什麼樣。首先，有一間妳能透過
鏡子看到的房間——和我們的客廳一樣，只是東
西都是反的。我站上椅子就能看見整個房間，除
了壁爐後面看不到。哎呀！要是能看見那個部分
就好了！我很想知道他們在冬天生不生火，妳從
來都沒法知道，除非我們的爐子直接冒煙，然後
那邊房間裡也冒了煙——但那也有可能只是假裝
的，只是為了看起來是有火的樣子。還有，那裡
的書和我們的也很像，只不過字都反著寫，我知
道這件事，因為我拿著一本我們的書到鏡子前去
過，他們也拿了一本書來。

　　「妳想住到鏡子裡的房子去嗎，凱蒂？不知
道他們會不會給妳牛奶喝，說不定鏡子裡的牛奶
不好喝。不過，啊，凱蒂！現在我們來到走廊
了，妳只能看到鏡子屋裡的走廊一點點，如果讓
我們客廳的門敞開著，看得到的地方很像我們
的走廊，不過妳知道的，說不定再過去就不一樣
了。哎，凱蒂！要是我們能去鏡子裡的房子就好
了！我覺得那裡肯定有很多很漂亮的東西！我們
來假裝有辦法進去，凱蒂。我們來假裝玻璃柔軟
如同薄紗，我們能穿進去。看呀，它
真的變得像一層薄霧了！我們能過去
了——」說這些話時，她已經爬到了
壁爐臺上了，雖然她自己也不太知道

是怎麼上來的。接著鏡子真的開始融化，就像一層閃亮的銀色薄霧。

片刻間愛麗絲已穿過鏡子，輕輕跳下，來到了鏡中的房間。她首先就去看爐中是否有火，很高興看到真的有火，燒得很旺，像她剛才房間裡的一樣。「所以我在這裡跟在原來的房

間裡一樣暖和，」愛麗絲想，「更暖和，其實，因為這裡沒人會叫我離爐火遠一點。哎，等他們在鏡子裡看見我卻抓不到我，一定很有趣！」

她開始東張西望，發現從原來房間裡能看到的部分都很平常，沒什麼好玩的，可是剩下的部分就大不一樣了。比如說，火爐旁牆上的畫好像會動，而爐臺上的座鐘（你知道的，從鏡子裡只能看見時鐘的背面）有張小老頭的臉，還對她咧嘴笑。

「這個房間收拾得不如那邊乾淨。」愛麗絲看到壁爐灰燼裡有幾個棋子時心想，不過馬上「啊」地驚呼了一聲，趴下來看。棋子正兩個兩個一組地走著呢！

「這是紅國王和紅皇后，」愛麗絲說（說得很小聲，怕驚動他們），「那裡坐在爐鏟邊的是白國王和白皇后，手挽著手一塊走的是一對城堡——我覺得他們聽不到我，」她一邊把頭湊得更近一邊說，「好像他們也看不見我，我就好像是隱形了——」

這時愛麗絲身後的桌子上有個東西尖叫起來，愛麗絲一回頭，看見一個白士兵倒了，雙腳亂蹬，她好奇地想看接下來會怎樣。

「那是我孩子的聲音！」白皇后喊著，從國王身邊衝了過去，動作太猛，把他撞得跌進了爐灰。「我的寶貝莉莉！我的小公主！」她說著拚命地往壁爐圍欄上爬。

「枯枝敗葉兒！」國王說著，摸摸摔痛了的鼻子。他是應該有點生氣，因為皇后害他摔得渾身上下都是灰。

愛麗絲很想能幫上忙，可憐的小莉莉哭叫得都快昏過去了，她趕緊拿起皇后放到桌上她哭鬧著的小女兒身邊。

皇后倒抽一口冷氣坐下，這程空中高速旅行把她嚇得呼吸都暫停了，她有一兩分鐘只能抱著小莉莉，說不出話來。等她一緩過

氣來，就對悶頭悶腦坐在爐灰裡的白國王說：「小心火山！」

「什麼火山？」國王說，緊張地看著爐火說，他以為火山就應該在火那裡找。

「噴——我——上——來——的，」皇后喘著，還有點透不過氣，「你最好上來——好好上來——別被噴上來！」

愛麗絲看著國王一格一格費勁地慢慢往上爬，最後說：「哎，照你這麼爬，幾個小時也爬不到桌子上。我還是幫你一把吧，好嗎？」可是國王對問題毫無反應，顯然他聽不見也看不見她。

於是愛麗絲很輕很輕地把他拿起來，慢慢地移動，比剛才移動皇后慢得多，免得嚇壞他。不過，把他放到桌上前，她想她最好幫他撣一撣身上的灰。

後來她說她一輩子都沒見過像國王那時臉上的那副表情，當他發覺自己被看不見的手抓到空中，被撣灰，驚詫得叫都叫不出來，眼睛和嘴巴愈張愈大、愈來愈圓，她笑得手直抖，差點把他掉到地板上。

「喔！別再做這種表情了啊，親愛的！」她大喊，也忘了國王根本聽不到她，「你讓我笑得差點抓不住你！別把嘴張得那麼大啦！灰都進去了——好了，我想你現在夠乾淨了！」她一面替他理理頭髮，一面把他放到皇后身邊。

國王立刻直挺挺地躺了下去，一動也不動。愛麗絲有點為自己做的事不安，在房間裡四處看，想找點水來潑醒他。她只找到了一瓶墨水，回來時發現國王已經醒過來了，正和皇后一起恐懼地悄聲說話，聲音小得愛麗絲幾乎聽不見。

國王說：「老實說，親愛的，我嚇得連鬍子尖都涼了！」

皇后回答說：「你根本沒鬍子。」

「真是太恐怖了，」國王接著說，「我永遠永遠也忘不了！」

「你要是不記下來就會忘的。」皇后說。

愛麗絲饒有興趣地看著國王從口袋裡掏出一本巨大的記事本開始寫，愛麗絲玩心一動，捏住高出國王肩膀的石筆頂端，幫他寫起字來。可憐的國王又驚又氣，悶聲不響地和石筆搏鬥了一番，但愛麗絲的力氣比他大太多了，他最後喘著氣說：「天哪！我真該換一枝細一點的石筆。我一點也用不來這枝筆：它寫出來的東西都不是我想寫的……」

「寫了什麼東西？」皇后說著過來看記事本（愛麗絲寫的是「白騎士順著撥火棍往下滑，搖搖晃晃平衡差」），「這感覺就不是你寫的！」

愛麗絲旁邊的桌上躺著一本書，她看著白國王的時候（因為她還有點擔心他，準備萬一他再昏倒就用墨水潑他），隨手翻開了書，想找找有什麼可看的，「都是我看不懂的語言寫的。」她對自己說。

那段文字就像這樣：

她困惑了一會兒，最後恍然大悟：「哎，這是鏡子裡的書嘛！如果拿它對著鏡子看，字就會變正了。」

愛麗絲看到的是這樣一首詩：

假駁沃克龍

劈燒點，綿黏螺嘴獾
　　在前後草裡螺旋鑽；
脆悲的是薄弱鴿，
　　還有米猜哮哨。

「當心假駁沃克，孩子！
　　牠牙很尖爪很利！
提防歡呼鳥！
　　避開火怒的綁奪獸！」

他手持沃剖劍，
　　久久追尋蠻島之敵，
站在騰騰樹下，
　　休息並思索。

正當他粗沖沖想著，
　　火眼假駁沃克
間噴著穿過塔爾基森林，
　　咩咩顫喃而來！

一，二！一，二！刺了又刺
　　沃剖劍吡吡吡！
他取其首級，棄屍而去
　　噠噠噠而回。

「汝已手刃假駁沃克？
　　來我懷抱，我笑爛的孩子！
噢奇愉之日！喀嚕！喀嘞！
　　他咯咯哼哼樂。」

「看上去很美，」她念完以後說，「但很難理解！」（你看她連對自己都不承認她完全沒看懂。）「它讓我在腦子裡有一堆想法，但說不清到底是什麼！反正，我知道是：什麼人殺了什麼東西。」

　　「哎呀，但是！」愛麗絲突然跳起來，「我得抓緊時間在回鏡子那邊之前，看看房子的其他地方！先看花園吧！」她立刻出了房間跑下樓梯——確切說也不算跑，像她跟自己說的，是個新發明的快速省力下樓法。她只用指尖搭著樓梯扶手，幾乎腳不沾地地輕輕往下飄，接著要不是抓住了門框，她就要一直這樣滑出門外去了。她這樣騰空飄了一下，頭有點暈，她很高興又能正常地走路了。

Chapter 02
會說話的花

「要是我到那個小山頂上去，」愛麗絲對自己說，「就能把花園全貌看清，這裡有條小路通往小山頂……」（沿著小路走了一段路，拐了幾個急轉彎之後）「哎呀，不，不對啊……但我想最後總是會上山的。可是這彎得也太奇怪了！比起一條路，更像拔塞鑽！好了，又朝山上去了，我覺得……不，並沒有！又直接回房子去了！好吧，我往另一邊走走看。」

她於是換另一邊走，走上走下，轉了又轉，無論怎麼走都總是走回房子。實際上有一次她轉彎轉得太急，收不住腳，還差點撞上房子。

「沒什麼好說的了，」她抬頭看著房子，假裝它在和她吵架，說：「我現在還不想再進去。我知道我得再穿過鏡子──回到原來房間──但那樣我的探險就結束了！」

所以她堅決地轉過身去，背對房子又一次走上了小路，決心非走上小山不可。走了幾分鐘還挺順利，她便說：「這次能走到了──」這時小路就突然一扭一甩（後來她這樣描述），接著她就發現自己又在往房子的大門裡走。

「哦，太糟糕了！」她叫道，「我從來沒見過這麼愛擋路的房子！從來沒有！」

可是，小山明明就在眼前，無法可想，只能從頭再來。這回她走到了一個大花圃，外面圍了一圈雛菊，中間有棵柳樹。

「哦，虎皮百合！」愛麗絲對一株在風中優雅搖曳的花說，「真希望妳會說話呀！」

「我們會說話，」虎皮百合說，「有值得開口的人就會說。」

愛麗絲驚訝得一時說不出話來，好像連呼吸都快停了。過了好一會兒，虎皮百合仍然只是搖晃著，她又怯生生地——幾乎像耳語似的——說：「那所有花都會說話嗎？」

「說得和妳一樣好，」虎皮百合說，「而且比妳聲音大得多。」

「我們先開口不合規矩，妳知道的，」玫瑰說，「我一直在想妳什麼時候開口呢！我對自己說：『她的臉看起來有點意思，雖然不聰明！』話說回來，妳顏色是正常的，這就不錯了。」

「我不在乎顏色，」虎皮百合說，「要是她的花瓣再往上捲一點就好了。」

愛麗絲不喜歡被評頭論足，就開始發問：「你們在這裡沒人照顧，有時會害怕嗎？」

「中間有棵樹呢，」玫瑰說，「妳以為它是做什麼的？」

「但要是危險來了，它能做什麼呢？」愛麗絲問。

「它會吠。」玫瑰說。

「它叫起來『汪汪』的，」雛菊叫道，「所以它的樹枝也長得很旺！」

「這妳都不知道啊？」另一朵雛菊叫了起來，這時它們全都開始一起叫，使得空氣裡充滿了小小的尖叫聲。「你們都給我安

靜！」虎皮百合激動得渾身發抖、搖來搖去，喊道，「它們知道我搆不著它們！」它喘著氣，把它顫抖著的腦袋轉向愛麗絲，「否則它們不敢這麼放肆！」

「別在意了！」愛麗絲安慰它，又俯身向正要再叫的雛菊們低語：「要是再吵我就把你們摘下來！」

瞬間安靜了下來，有幾朵粉色雛菊還嚇到變白了。

「這就對了！」虎皮百合說，「雛菊最壞了，只要有一個出聲就會全都一起出聲，聽著都會枯萎！」

「你們怎麼都能說得這麼好啊？」愛麗絲想說點好話讓虎皮百合高興點，就說，「我以前去過好多花園，但沒一朵花會說話的。」

「把手放在地上摸摸看，」虎皮百合說，「妳就知道原因了。」

愛麗絲摸了摸地面，「很硬，」她說，「但我不知道這有什麼關係呀。」

「大多數花園的花床都太軟，」虎皮百合說，「所以花就老是在睡覺。」

這聽著挺有道理的，愛麗絲很高興知道了這個。「我從來沒想到過是那樣！」她說。

「我覺得妳根本從來都不思考。」玫瑰不客氣地說。

「我沒見過比她樣子更笨的人。」一朵紫羅蘭突然開口說，把愛麗絲嚇了一跳，因為它之前一直沒出聲。

「閉上嘴巴！」虎皮百合說，「說得好像妳真見過什麼人似的！妳一直頭埋在葉子底下呼呼大睡，對世界上的事知道得沒比

妳是個花苞時知道的多！」

「花園裡除了我還有別的人嗎？」愛麗絲說，故意不理玫瑰最後說的話。

「花園裡有一朵花能像妳一樣走來走去，」玫瑰說，「我很奇怪妳們是怎麼做到的……」（「妳什麼都奇怪。」虎皮百合說。）「不過，她頭髮比妳多。」

「她像我一樣嗎？」愛麗絲急切地問，因為她想到：在花園的什麼地方還有一個小女孩！

「嗯，她長得和妳一樣笨手笨腳的，」玫瑰說，「不過她更紅，花瓣要短一點，我想。」

「她的花瓣很密合，像大理花，」虎皮百合說，「不像妳的那麼亂。」

「不過，那不是妳的錯，」玫瑰好心地補上一句，「妳要開始謝了，妳知道的，花瓣有點凌亂也沒辦法呀。」

愛麗絲一點也不喜歡這個說法，為了換個話題，她問：「她來過這裡嗎？」

「妳等下就會見到她，」玫瑰說，「她是有九個尖尖的那種，妳知道嗎？」

「她哪裡有尖尖？」愛麗絲好奇地問。

「那什麼，就是在她頭上有一圈啊，」玫瑰回答，「我還奇怪妳怎麼沒尖尖呢。我以為都有的。」

「她來了！」飛燕草喊，「我聽見她的腳步聲了，噔，噔，沿著石子路過來了！」

愛麗絲連忙轉頭，看見來的是紅皇后。她第一反應是：「她

長大了好多啊！」她確實長大了，愛麗絲第一次在灰燼裡見到她時，她只有三英寸高，現在她比愛麗絲高出半個頭了！

「這是空氣新鮮的緣故，」玫瑰說，「這裡的空氣非常好。」

「我想我要去見見她。」愛麗絲說，雖然這些花已經很有意思了，但她覺得跟一個真正的皇后交談更厲害。

「妳這樣是走不過去的，」玫瑰說，「我勸妳朝反方向走。」

愛麗絲覺得沒道理，就沒搭腔，還是朝著皇后走。奇怪的是，皇后一眨眼就不見了，她卻又來到了正門。

她有點急了，退回來，到處張望皇后在哪裡（最後看見皇后在很遠的地方），她想，那這次就試一下朝反方向走吧。

這果然奏效了。她走了不到一分鐘就發現她和皇后面對面了，找了好久的小山也近在眼前。

「妳從哪裡來？」紅皇后說，「要往哪裡去？抬起頭來，好好說話，別老是擺弄手指。」

愛麗絲乖乖聽話，盡力解釋，說她找不到她的路了。

「我不知道什麼叫『妳的』路，」皇后說，「這裡所有的路都是我的──不過妳到底為什麼會來這裡呢？」她又語氣溫和地說，「妳可以邊行屈膝禮邊想，可以節省時間。」

愛麗絲覺得這說法真奇特，但她很敬畏皇后，沒有不信。「回家試試看，」她想，「下次吃飯遲到了，就行個屈膝禮把時間趕上。」

「到時候該妳回答啦，」皇后看著她的錶說，「說話的時候嘴張大一點，別忘了說『陛下』。」

「我只是想看看花園長什麼樣，陛下──」

「這就對了，」皇后說，拍了拍她的頭，愛麗絲一點也不喜歡這樣。「不過，妳說這是『花園』——跟我見過的花園比起來，只能算荒野。」

　　愛麗絲不敢爭辯，只是接著說：「——然後我就想找條路到小山頂上去——」

　　「妳說這是『小山』，」皇后打斷她說，「跟真正的小山比簡直就是山谷。」

「不，不可能啊，」愛麗絲說著，也挺意外自己敢頂嘴，「山不可能變成谷啊，妳知道的，這是胡說八道吧……」

紅皇后搖搖頭，「妳說這是『胡說八道』，妳高興就好，」她說，「但跟我聽過的胡說八道比，那就像字典一樣準確可靠！」

愛麗絲聽皇后的口氣有一點不高興，就又行了個屈膝禮。隨後她們就默默地走著，一直來到了小山頂上。

愛麗絲站了好一會兒沒說話，朝四野眺望，這是片奇怪的土地。有許多道細細的小溪橫貫其間，又有許多小綠籬和小溪相接，在地面上畫出了格子。

「我說，這真像個大棋盤啊！」愛麗絲最後說，「應該有些人在裡面走，——啊，真的有欸！」她高興地說，心臟興奮得怦怦跳，「這裡下著一盤超大的棋局哪！全世界都加入了，要是這裡就算全世界的話，妳看。喔，真好玩！我也想玩！當個小兵也可以，只要能參加——當然我最想當的是皇后。」

愛麗絲說這話時挺不好意思地看了一眼真皇后，她只是愉快地微笑著，說：「那好辦，莉莉玩這個還太小，妳願意的話可以當白皇后的兵啊。現在妳在第二格，從這裡走到第八格妳就成皇后啦——」就在這時，不知怎麼搞的，她們跑了起來。

愛麗絲後來反覆回想，也沒弄懂她們是怎麼開始的，她所記得

的就是她們手拉手跑著，皇后跑得如此之快，她要拚盡全力才能跟上，皇后還一直喊著：「快點！再快點！」愛麗絲感覺沒法再快，只是喘得答不上話來。

最奇怪的事情是，她們周圍的樹木和景物一點也沒改變位置，不管她們跑得多快，好像什麼東西也沒有超過。「是不是所有東西都是和我們一起跑的？」可憐的愛麗絲很納悶。皇后彷彿猜到了她的想法，對她喊：「快跑！別說話！」

愛麗絲根本沒想說話，她覺得她簡直好像再也說不出話了，氣都接不上來。皇后仍然喊著：「快點！再快點！」並拖著她。「快到了嗎？」愛麗絲喘著氣終於設法說出一句。

「快到了？」皇后說，「我們十分鐘之前就過了！快跑！」她們又默默地繼續跑了一陣子，風在愛麗絲耳邊呼嘯，她覺得頭髮都快要被吹掉了。

「快！快！」皇后喊道：「快點！再快點！」最後她們跑得如此之快，就像腳不著地，在空中滑翔。而突然間，就在愛麗絲就要精疲力竭時，她們停下了，愛麗絲發現自己坐在地上，喘不過氣，頭暈眼花。

皇后扶她起來靠在樹上，和顏悅色地說：「現在妳可以歇一會兒了。」

愛麗絲非常吃驚地看看周圍：「什麼，我們是一直都在這棵樹下面啊！所有東西都跟之前一模一樣！」

「當然啦，」皇后說，「不然妳想怎樣？」

「呃，在我們國家，」愛麗絲還有點喘著說，「要是妳很快

很快地跑了好一會兒，像我們剛才那樣，通常會去到另外一個地方啊。」

「真是個慢吞吞的國家啊！」皇后說，「在我們這裡，妳看，妳得拚命跑，才能停留在原地。要是妳還想去別的地方，得跑得再快一倍！」

「哎呀，我也並不想去！」愛麗絲說，「待在這裡挺好的——只是我又熱又渴！」

「我知道妳會的！」皇后好心說著，從口袋裡拿出一個小盒子，「吃塊餅乾吧？」

愛麗絲雖然一點也不想吃，但認為說「不要」不太好，於是就接過來勉強吃了：餅乾真的好乾，她覺得這輩子從來沒有這麼差點噎死過。

「趁妳休息著，」皇后說，「我來量一下尺寸。」她從口袋裡拿出一條標好尺寸的緞帶在地上量了起來，在這裡那裡釘上小木樁。

「我走到兩碼的時候，」她一邊釘著標記距離的木樁一邊說，「會給妳指路——還要餅乾嗎？」

「不要了，謝謝，」愛麗絲說，「一塊就足夠了！」

「不渴了吧？」皇后說。

愛麗絲不知該如何回答，慶幸的是皇后也沒等她回答，就接著說：「到三碼我還會說一遍，怕妳忘了，到四碼我就要說再見了，到了五碼我就走了！」

這時她已經把木樁都打好了，愛麗絲饒有興趣地看著她回到樹下，重新沿著木樁慢慢往前走。

她走到第二碼的木樁時轉身說：「妳看，兵第一次可以走兩格，所以妳會迅速穿過第三格——坐火車，我想……然後妳就發現妳馬上到了第四格，這格屬於叮噹咚和叮噹叮……第五格幾乎都是水……第六格屬於蛋頭——妳怎麼不說話？」

「我……我不知道我要說什麼……剛剛。」愛麗絲結結巴巴地說。

「妳應該說，」皇后正色責備道，「『妳告訴我這些實在是太好啦』——算了，就當妳說過了——第七格全是森林，不過有個騎士會給妳指路……到了第八格我們就一起當皇后，大吃大玩特開心！」愛麗絲起身行了個禮又坐下。

皇后走到下一個木樁又轉過來，這回她說：「想不起來用英語怎麼說的時候，就用法語說——走路時腳尖向外斜——記住妳是誰！」這次她沒等愛麗絲行禮便快步走向下一個木樁，到了那裡她站住回頭說了聲「再見」，然後就急急忙忙朝最後一個木樁走去了。

愛麗絲始終沒弄明白，那是怎麼回事，皇后走到最後一個木樁後，就真的不見了。她到底是消失在了空氣裡，還是飛快地跑進了樹林（「她能跑得非常快！」愛麗絲想），不得而知，反正她不見了。愛麗絲想起自己是一個小兵，很快就該走第一步了。

Chapter 03
鏡子裡的昆蟲

　　第一件要做的事，當然是好好瞭望一下將要旅行的地方。「好像在學地理一樣，」愛麗絲踮起腳尖往遠處看著，心想，「主要河流——沒有。主要山脈——只有一座，我正在它上頭呢，但我覺得它沒名字。主要城市——啊，那是什麼東西在採蜜？不可能是蜜蜂——你知道，誰也不能看見一英里外的蜜蜂……」她靜靜地站了一會兒，看著其中一隻在花叢中忙碌，把長長的吸管伸進花心，「就像普通的蜜蜂一樣。」她想。

　　然而，牠絕不是蜜蜂，實際上，牠是頭大象——愛麗絲很快看出來了，一時驚訝得有點喘不過氣來。「那些花得有多大啊！」她又想，「有點像拿掉屋頂的一個小屋長在一根莖上——它們得有多少蜜啊！我覺得我要下去——噢，還不能下去。」她剛要往山下跑就停住了，一面想要為自己突然畏縮找點藉口：「要下去到牠們中間，我必須有一根好的長棍子用來趕走牠們，要是牠們問我散步散得怎麼樣就好玩了，我就說：『哦，好得很啊——』（說著把頭輕輕一揚，這是她最喜歡的動作），『只是天太熱，灰塵太大，大象又很吵！』」

　　「我還是換條路走吧，」她停了一下說，「或許我稍後可以去看大象。而且我還想趕緊去第三格呢！」

於是，她以此為藉口地跑下了小山，並跳過了六條小溪中的第一條。

＊　　　＊　　　＊　　　＊　　　＊　　　＊　　　＊
　＊　　　＊　　　＊　　　＊　　　＊
＊　　　＊　　　＊　　　＊　　　＊　　　＊　　　＊

　　「請把票拿出來！」衛兵把頭伸進車窗說。大家馬上都拿出了票，這些票都和人差不多大，整個車廂看上去全是票。

　　「喂，孩子，妳的票呢！」衛兵又說，生氣地看著愛麗絲。接著大家齊聲說（「真像在合唱。」愛麗絲想）：「孩子別讓他等待！他一分鐘值千金！」

　　「我恐怕沒有票，」愛麗絲害怕地說，「我來的地方沒有售票處。」於是那片齊聲又響起來：「她來的那裡地不夠，一寸土地值千金！」

　　「別找藉口，」衛兵說，「妳應該向火車司機買票的。」齊聲再一次唱響：「司機司機開火車，冒一股煙值千金！」

　　愛麗絲心想：「說什麼都沒用。」這次沒有齊聲響起，因為她沒說出來。但令她吃驚的是，他們全都齊聲思考（但願你能懂「齊聲思考」是什麼意思，我承認我不懂）：「最好什麼也不說，言語一字值千金！」

　　「今天晚上我一定會夢到一千鎊，肯定會！」愛麗絲想。

　　檢票員始終看著她，先是用望遠鏡看，接著用顯微鏡，然後又用觀劇鏡。最後他說：「妳坐錯方向啦。」然後關上窗走了。

·31·

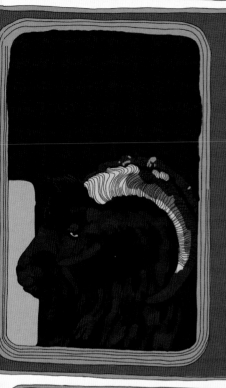

「這麼大的小孩，」坐在她對面的紳士（穿著一身白紙做的衣服）說，「哪怕不知道自己叫什麼，也應該知道該往哪邊去啊！」

坐在白衣紳士旁的一隻山羊閉上眼大聲說：「她哪怕不認識字母，也應該知道怎麼去售票處啊！」

山羊旁邊坐著一隻甲蟲（這節車廂裡滿是奇怪的乘客），好像按規矩牠們都得輪著說話似的，接下去說：「她應該被當成行李送回去！」

愛麗絲看不見誰坐在甲蟲那邊，只聽見一個沙啞的聲音接著說：「換火車頭啦——」說到這裡嗆住了，只好不說了。

「聽著像匹馬。」愛麗絲想。一個很細很細的聲音在她耳邊說：「妳可以編個笑話——關於『馬』和『啞』，妳知道的。」

這時遠處有個很柔和的聲音說：「你知道的，她應該貼上『小心小女孩』的標籤……」

另一個聲音接著說（「車廂裡的人可真多啊！」愛麗絲想）：「她和郵票一樣，上面都有個人頭，她應該被寄回去……」「應該把她當電報發出去……」「接下來叫她拉著火車走……」各式各樣的話都有。

不過，穿白紙衣的紳士俯身在她耳邊低語：「別管他們說什麼，親愛的，火車停下來的時候買張回程票就好了。」

「我才不呢！」愛麗絲有點不耐煩地說，「我根本不想坐這列車——我剛剛還在樹林裡呢——真希望能回那裡！」

「妳可以編個笑話，」那細小的聲音又在她耳邊說，「關於『如果做得到就去做』，妳知道的。」

「別鬧了，」愛麗絲說，她四下張望，想要找到聲音是從哪裡來的，「你那麼喜歡編笑話，為什麼不自己編啊？」

那細小的聲音深深地歎了一口氣，聽起來顯然很是難過。愛麗絲本想說些同情的話來安慰它，她想：「要是它能像別人那樣歎氣就好了！」但它歎得那麼輕，如果不是湊在她耳邊，她根本聽

不見，但湊在她耳邊歡又弄得她耳朵很癢，使她完全無法在意這可憐小東西的不幸遭遇了。

「我知道妳是個朋友，」小聲音繼續說，「一個好朋友，老朋友。即使我是個蟲子，妳也不會傷害我的。」

「什麼蟲啊？」愛麗絲有點不安地問。她其實想知道的是那蟲子螫不螫人，但她覺得那樣問不太禮貌。

「什麼？那妳不——」小聲音剛開始說，就被火車頭的尖嘯淹沒了，所有人都吃驚地跳了起來，愛麗絲也同樣吃了一驚。

那匹一直把頭伸出窗外的馬回過頭來說：「只是剛才我們跳過了一條小溪。」大家聽了似乎都放了心，只有愛麗絲想到火車居然會跳有點緊張。「無論如何，它把我們帶到第四格就行！」她對自己說。就在這時她感到車廂突然筆直地朝天上衝去，驚慌中她伸手抓住了手邊離得最近的東西——山羊的鬍子。

* * * * * * *

* * * * *

* * * * * * *

然而，她一碰到鬍子，鬍子就消失了，她發現自己安靜地坐在樹下，那隻蚊子（就是那隻和她說話的小蟲子）正搖搖晃晃地停在她頭頂上的細枝上，用翅膀給她搧著風。

牠真是隻相當大的昆蟲，「差不多有小雞那麼大。」愛麗絲想。但她也不怕牠，因為他們聊過好一會兒了。

「——那妳不是什麼蟲都喜歡的嗎？」巨蚊接著剛才的話說，

就好像什麼事都沒發生過。

「會說話的我就喜歡，」愛麗絲說，「我來的地方蟲子都不會說話。」

「妳那邊什麼蟲子最讓妳開心？」巨蚊問。

「蟲一點也不讓我開心啊，」愛麗絲說，「因為我有點怕牠們——至少怕那些大的。不過，我可以告訴你一些蟲子的名字。」

「叫牠們名字牠們會回應嗎？」巨蚊不經意地問。

「沒聽見牠們回應過。」

「不回應的話，」巨蚊說，「牠們要名字有什麼用呢？」

「對牠們沒用，」愛麗絲說，「但對給牠們取名字的人有用吧，我想。要不然到底為什麼事物都有名字呢？」

「我說不上來，」巨蚊答道，「再說，在前面的樹林裡，牠們都沒名字——不過還是說妳的蟲子名單吧，妳在浪費時間呢。」

「好吧，有馬蠅。」愛麗絲開始掰著手指數蟲子。

「對了，」巨蚊說，「那邊一棵灌木上妳能看見一隻木馬蠅，要是妳注意的話。牠全身都是木頭的，在樹枝之間搖來搖去地活動。」

「牠吃什麼？」愛麗絲十分好奇地問。

「樹汁和鋸屑。」巨蚊說，「接著說蟲名啊。」

愛麗絲很有興趣地看著木馬蠅，心想牠一定是剛油漆過，看起來又亮又黏。然後她繼續說：「有蜻蜓。」

「看妳頭上的樹枝，」巨蚊說，「妳能找到一隻聖誕蜻蜓。身體是李子布丁，翅膀是冬青葉，頭是一顆燃燒的白蘭地葡萄乾。」

「牠吃什麼？」愛麗絲像之前那樣問。

「麥片粥和肉末餅，」巨蚊答道，「在聖誕禮盒裡做窩。」

「還有蝴蝶，」愛麗絲仔細看了看那隻頭著火的蟲子，心想：「蟲子們那麼喜歡往燭火裡飛，不知道是不是因為牠們想變成聖誕蜻蜓呀！」

「正在妳腳邊的，」巨蚊說（愛麗絲一驚，縮回了腳），「妳能觀察到一隻奶油麵包蝶，翅膀是塗了奶油的薄片麵包，身體是硬麵包皮，頭是一塊方糖。」

「那牠吃什麼？」

「奶油淡茶。」

愛麗絲想到了一個新問題。「要是找不到奶油淡茶怎麼辦？」她問。

「當然就餓死了。」

「那肯定常常會發生吧。」愛麗絲思索著說。

「常常發生。」巨蚊說。

這之後，愛麗絲不發一語沉思了幾分鐘。巨蚊就嗡嗡地繞著她的頭飛呀飛，當作消遣，最後又停下來說：「我猜妳不想失去自己的名字吧？」

「真不想。」愛麗絲有點不安地說。

「這也很難說，」巨蚊滿不在乎地說，「想想看，要是沒有名字妳回家會有多方便！比如說，要是家庭教師想叫妳上課，她

就說『請出來……』，然後就說不下去了，因為她沒名字可叫，當然妳也不用去，妳知道的。」

「我保證不會的，」愛麗絲說，「老師不會就這樣放過我的。如果她不記得我名字就會叫我『小姐』（Miss），像傭人們那樣。」

「好吧，如果她說『小姐』，也沒說別的，」巨蚊說，「妳當然可以『錯過』（miss）不上課啦。這是個笑話，希望妳來說。」

「為什麼你希望我說呢？」愛麗絲問，「這個笑話很爛啊。」

但巨蚊只是深深歎了一口氣，兩顆大淚珠滾下臉頰。

「要是說笑話讓你那麼不開心，」愛麗絲說，「就不要說啦。」

隨後又是一聲小小的歎息，這次這隻可憐的巨蚊好像真的把自己歎掉了，因為愛麗絲抬起頭來，樹枝上空蕩蕩的，什麼也沒有。她坐久了覺得有點冷，就站起來往前走。

很快她來到一片空地，前面有一片樹林，看起來比剛才那片樹林陰森得多，愛麗絲有一點不敢走進去。不過她轉念一想，還是決定往前走。「因為我肯定不能回頭了。」她想，而這是走向第八格的必經之路。

「這應該就是那片，」她沉吟道，「裡面東西都沒有名字的樹林。不知道我進去以後我的名字會怎麼樣？我一點也不想弄丟它啊——因為他們會再給我取一個，肯定不好聽。不過有意思的是，去找撿到我舊名字的人！你知道的，就像人丟了狗會刊登啟事：『戴著銅項圈，叫「黛西」會答應』——想想要對著你遇到的每一樣東西叫『愛麗絲』，直到其中有一個回應為止！但如果他們夠聰明，根本就不會回答。」

她就這樣自言自語，漫步到了樹林裡，裡頭又陰又涼。「好

吧，不管怎麼說很舒服，」她在樹下邊走邊說，「剛才那麼熱，這下到了……到了……到了什麼裡？」她說著，吃驚地發現她想不起要說的詞了。「我想說的是走到……走到……這什麼下頭，你知道的！」她把手放在樹幹上，「不知道它叫自己什麼名字？我相信它不叫什麼了——是的，它真的沒名字！」

她安靜地站著，想了一會兒突然說：「所以這事真的終於發生了！那麼，我是誰啊？我要努力記著！我一定要想起來！」但下決心也無濟於事，冥思苦想之後，她也只能想起一個「愛」：「我知道是『愛』開頭的！」

這時一隻小鹿走過，用溫柔的大眼睛看著愛麗絲，一點也不害怕。「來啊！來啊！」愛麗絲說，伸手想摸牠，但牠往後退了一步，又站定看著她。

「妳叫什麼名字？」小鹿說。牠的聲音又軟又甜！

「我要是知道就好啦！」可憐的愛麗絲想。她憂傷地回答：「現在沒名字了。」

「再想想，」小鹿說，「不會沒有的。」

愛麗絲想啊想，可是什麼也沒想出來。「那你能告訴我，你叫什麼嗎？」她不好意思地說，「說不定能給我點提示。」

「再走一會兒我就告訴妳，」小鹿說，「在這裡我也想不起來。」

於是他們一起在樹林裡走著，愛麗絲歡喜地摟著小鹿柔軟的脖子，直到他們來到了又一片空地，小鹿突然一跳，掙脫了愛麗絲的手臂。「我是小鹿！」牠開心地叫道，「哎呀！妳是個人類小孩！」牠美麗的棕色眼睛裡閃過一絲驚恐，轉眼就飛奔而去。

愛麗絲目送著牠，如此突然就失去了她親愛的小旅伴，差點氣哭。「不過，現在我知道我的名字了，」她說，「也算是個安慰。愛麗絲——愛麗絲——我不會再忘記了。那現在我該照哪個路標走呢？」

這不是一道很難答的題，因為只有一條路通過樹林，兩塊路標都指著沿著它走。「到了分岔路口，它們分別指著不同方向時，我再選好了。」愛麗絲對自己說。

不過，情況和她想的不太一樣。她走啊走，走啊走，每到一個岔路口，都有兩個路標指著同一條路——

一個寫著

「去叮噹咚的家」，

一個寫著

「去叮噹叮的家」。

「我相信，」愛麗絲最後說，「他們住在同一個房子裡！奇怪我之前居然沒想到——不過，我不能在那裡多待。我打算只打個招呼說：『你們好啊？』再問一下他們走出樹林的路。但願我能在天黑之前趕到第八格啊！」

她邊自言自語邊朝前走，過了個急轉彎，就看見了兩個小胖子，如此突然，她不禁後退一步，但很快定下神來：那想必就是——

Chapter 04
叮噹咚和叮噹叮

　　他們站在一棵樹下，都伸出一條手臂摟著彼此的脖子，愛麗絲一看就知道誰是誰了，因為他們一個領子上繡著「咚」，另一個繡著「叮」。「我猜他倆領子後面都有個『叮噹』。」她對自己說。

　　他們站著不動，讓她幾乎要忘了他們是活人，她正要繞到後面看他們領子後面是否寫著「叮噹」，有「咚」字的那個開口說話了，把她嚇了一跳。

　　「如果你覺得我們是蠟像，」他說，「就得給錢，妳知道的。蠟像可不是白看的，怎麼可能！」

　　「反過來說，」有「叮」字的那個說，「如果妳當我們是活人，就得說話啊。」

　　「真是非常對不起。」愛麗絲一時想不出別的話，因為腦子裡像滴答作響的鐘一樣不停轉著一首老歌的幾句，簡直忍不住想大聲念出來：

> 　　叮噹咚和叮噹叮
> 　　　正準備打一架；

因為叮噹叮弄壞了
漂亮的新撥浪鼓。

這時飛下大烏鴉，
黑如柏油桶；
二位英雄受驚嚇，
爭執全放下。

「我知道妳在想什麼，」叮噹咚說，「但不是那樣的，才不是。」

「反過來說，」叮噹叮接著說，「如果是那樣的，就有可能是那樣；而且如果是那樣，就會是那樣；但因為不是那樣，所以就不是那樣。這就是邏輯。」

「我在想，」愛麗絲很有禮貌地說，「哪條路是走出樹林最好的路，天要黑了。能請你們告訴我嗎？」

但兩個小胖子只是面面相覷，咧嘴而笑。

他們簡直就像一對大號的小學生，愛麗絲忍不住像老師那樣指著叮噹咚說：「你先說！」

「才不要！」叮噹咚很快說了一句，又啪地一聲閉上了嘴。

「那你說！」愛麗絲又指向叮噹叮說，她想他一定會說「反過來說」，結果沒猜錯。

「妳一開始就不對啊！」叮噹咚說，「去拜訪人家應該先問『你們好嗎』並握握手！」說到這裡兩兄弟互相擁抱了一下，然後騰出兩隻空的手來要和她握手。

愛麗絲不想先握他們任何一個的手，怕傷害到另一個的感受，於是她想出了一個好辦法，同時握住了他們的手，接著他們就圍著圈跳起舞來。看起來很自然（她後來回想），就連聽到音樂響起也並沒有感到驚奇：那好像來自他們頭頂的樹上，聲音（她努力辨認）是樹枝垂直擦著另外的樹枝發出來的，就像琴弓摩擦琴弦一樣。

　　愛麗絲後來跟她姊姊講述這一切時說：「真好玩，我發現自己在唱〈我們圍著桑樹叢繞圈圈〉，我不知道我什麼時候開始唱的，但就是覺得我已經唱了好久好久了！」

　　另外二位舞者長得胖，很快就上氣不接下氣。「一個舞轉四圈夠啦。」叮噹咚氣喘吁吁地說，他們說不跳就不跳了，就像他們開始跳起來一樣突然，音樂也同時戛然而止。

　　他們放開愛麗絲的手，站著看了她一會兒，這時挺尷尬的，愛麗絲不知該如何與剛共過舞的人交談。「這時不會說『你好啊』，」她對自己說，「我們應該已經超越那個階段了吧！」

　　「但願你們沒太累了？」她總算說。

　　「一點也不會。很謝謝妳的關心。」叮噹咚說。

　　「感激不盡！」叮噹叮也說，「妳喜歡詩嗎？」

　　「喜……歡……吧，有的很喜歡。」愛麗絲遲疑地說，「你們能告訴我怎麼走出樹林嗎？」

　　「我要給她背哪首？」叮噹叮並不理會愛麗絲的問題，而是睜大眼睛認真地看著叮噹咚問。

　　「〈海象和木匠〉最長。」叮噹咚說著給了他的兄弟一個充滿感情的擁抱。

叮噹叮立刻開始背誦：

太陽閃耀在海上——

愛麗絲大著膽子打斷了他，盡量很有禮貌地說：「如果很長，能不能先告訴我該怎麼走……」
叮噹叮溫和地笑笑，又重新開始：

太陽閃耀在海上，
　昭昭放光芒：
盡情遍撫海浪，
　波濤滑又亮——
然而明明是午夜，
　真呀真荒唐。

月亮冷冷地亮著，
　臉上結著霜，
「白天照了一整天，
　夜裡還要搶，
粗魯無禮好沒趣。」
　月亮心裡想。

大海一片水決決，
　沙灘乾又乾。

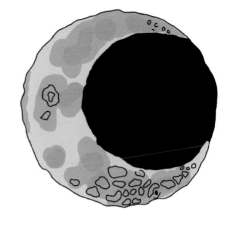

天上不見雲在飄，
　　也不見飛鳥。
沒有雲也沒有鳥，
　　天地好寂寥。

海象和木匠肩並肩，
　　一起在漫步，
見到如此多的沙，
　　不禁流下淚：
「要把沙子掃乾淨，
　　是多大工程！」

「七個侍女拿掃帚，
　　掃它個半年，
你看能不能掃完？」
　　海象問木匠。
木匠又落下淚來：
　　「我看這事懸。」

「哦牡蠣來一起逛。」
　　海象誠相邀，
「沿著海灘走一走，
　　又說又有笑。
我們一手牽一個，

可以帶四個。」

最老的牡蠣看著他，
　　一言也不發，
最老的牡蠣搖著頭，
　　只把眼睛眨──
牠的意思是在說：
　　莫要離開家。

四隻年輕小牡蠣，
　　跑來很想玩，
刷了衣裳洗了臉，
　　鞋子擦得亮。
但有件事有點怪，
　　牠們沒有腳。

又有四隻跟上來，
　　後頭又四個。
愈來愈多湧過來，
　　來了一大串──
紛紛跳過白浪花，
　　爭著攀上岸。

海象和木匠走啊走，

走了一英里，
隨意找了塊石頭，
　　坐下來休息，
所有小牡蠣排排站，
　　等候在一旁。

「現在我們來說說，」
　　海象開了口，
「鞋子、輪船和火漆，
　　甘藍和國王，
大海何以滾滾燙，
　　豬是否有翅膀。」

但小牡蠣們紛紛嚷：
　　「等等再開講！
先讓我們喘口氣，
　　我們都很胖！」
木匠說：「不著急！」
　　牡蠣們心感激。

海象惦著美味道：
　　「一條麵包不能少，
還要香醋和胡椒，
　　現在乖乖小牡蠣，

要是你們準備好，
　　我們就來吃個飽。」

牡蠣嚇得臉發藍，
　　「放過我們吧！
剛還聊得那麼好，
　　這麼做太慘！」
「夜色真好，」海象說，
　　「景色可喜歡？」

　　「你們能來真是好！」
　　　海象還在編。
　　木匠不愛講廢話：
　　　「再來切一片，
聽到我說麵包嗎？
　　　說了兩次啦！」

　　「真是有點愧疚呀，
　　　這樣騙牠們，
讓牠們跑了大老遠。」
　　　海象叨叨念。
可是木匠只關心：
　　　「奶油抹不開！」

　　「為你灑下同情淚，
　　　　心中深哀憫。」
　　海象涕淚交加中，
　　　　專挑最大個，
　　握著一塊方手帕，
　　　　遮在淚眼前。

　　木匠招呼小牡蠣：
　　　　「玩得開心吧！
　　是否要趕緊回家？」
　　　　牡蠣沒回答，
　　這一點也不奇怪，
　　　　都被吃光啦。

　　「我喜歡海象，」愛麗絲說，「因為牠有一點為可憐的小牡蠣
們難過。」

　　「牠反而吃得比木匠還多呢，」叮噹叮說，「妳看牠把手帕擋
在前面，就是為了讓木匠數不出牠拿了多少。」

　　「那麼卑鄙啊！」愛麗絲生氣地說，「那我喜歡木匠——要是
他沒有吃得像海象那麼多的話。」

　　「但他也放開肚子吃了啊。」叮噹咚說。

　　這就很為難了。愛麗絲停了一會兒又說：「好吧！他們兩個
都不是好人——」這時她猛地停了下來，側耳傾聽，附近樹林裡
有像是蒸汽機車發出來的呼哧呼哧的響聲，她更怕那會是什麼野

獸。「這一帶有獅子或老虎嗎？」她驚恐地問。

「那只是紅國王在打呼嚕。」叮噹叮說。

「走，去看看他！」兩兄弟叫著，一人拉起愛麗絲一隻手，把她帶到了國王正在睡覺的地方。

「看他多可愛，是吧？」叮噹咚說。

愛麗絲真心不覺得。他戴著一頂高高的、綴有流蘇的紅睡帽，身體亂七八糟躺成一堆，鼾聲如雷——「呼嚕響得能把他的頭震掉！」叮噹咚說。

「他躺在溼草地上怕會感冒吧。」愛麗絲是個細心體貼的小女孩。

「他正做夢呢，」叮噹叮說，「你們覺得他夢見了什麼？」

愛麗絲說：「那誰猜得到啊。」

「還能是什麼呢？夢見了妳啊！」叮噹叮得意地拍拍手叫道，「要是他沒夢見妳，妳想妳會在哪裡？」

「就在我現在這裡啊。」愛麗絲說。

「才不是呢！」叮噹叮輕蔑地反駁說，「妳哪裡都不在了，因為妳只是他夢出來的一樣東西！」

「要是國王醒了，」叮噹咚幫腔說，「妳就會不見！——呼！——就像蠟燭滅掉一樣！」

「不會的！」愛麗絲氣憤地叫道，「而且，如果我只是他夢出來的東西，你們又是什麼？我倒想知道。」

「都一樣。」叮噹咚說。

「都一樣，都一樣！」叮噹叮喊。

他叫得太大聲，令愛麗絲不禁說：「噓！你這麼大聲會吵醒他

的吧！」

「嘿，妳作為他夢裡的一個人，說什麼不要吵醒他是沒用的，」叮噹咚說，「妳很清楚妳不是真的。」

「我是真的！」愛麗絲說著哭了起來。

「妳哭也不會變得稍微真一點啊，」叮噹叮說，「沒什麼好哭的啊。」

「如果我不是真的，」愛麗絲說——她邊哭邊笑，覺得事情很荒謬——「我應該不能哭啊。」

「妳不會覺得那是真的眼淚吧？」叮噹咚很不屑地打斷她。

「我知道他們在胡說，」愛麗絲心想，「為這個哭太傻了。」於是她擦了眼淚，盡可能爽朗地說：「反正我要趕快走出樹林，天愈來愈黑了。你們覺得是要下雨了嗎？」

叮噹咚在他自己和他兄弟的頭上撐起一把大傘，抬頭看著傘底。「我不覺得會下，」他說，「至少傘裡不會下。下不了。」

「但傘外會下雨吧？」

「可以啊，要是它想下的話，」叮噹叮說，「我們沒意見。反之亦然。」

「自私鬼！」愛麗絲想，她正想說聲「晚安」就離開他們，叮噹咚從傘下跳出來抓住了她的手腕。

「看見那個了嗎？」他激動得破了音，眼睛一下子變得又大又黃，用發抖的手指著躺在樹下的一個白色的小東西。

「那只是個撥浪鼓。」愛麗絲仔細看了一下說。「不是響尾蛇，你看，」她以為他在害怕，趕緊又補了一句，「就是個舊撥浪鼓——又舊又破而已。」

「我知道它破了！」叮噹咚叫道，瘋狂地跺起腳來，一邊扯著自己頭髮，「毫無疑問壞掉了！」說著就看著叮噹叮，叮噹叮頓時一屁股坐到地上，想躲到傘底下去。

愛麗絲把手放在他手臂上安撫他說：「一個舊撥浪鼓不用這麼生氣啦。」

「但它不是舊的！」叮噹咚喊，比剛才更生氣了，「它是新的，我告訴妳——我昨天買的——我漂亮、非常新的撥浪鼓！」他嗓門提高成了尖叫。

這時叮噹叮一直努力地想把自己收進傘裡，這怪異的舉動引起了原本在和憤怒的叮噹咚說話的愛麗絲的注意。他怎樣都收不起來，最後他身體被束在傘裡、只露出一顆頭、滾倒在地，嘴巴和大眼睛一張一合——「好像一條魚啊。」愛麗絲想。

「來打架吧？」叮噹咚氣消了一點，問道。

「我也這麼認為，」叮噹叮沉著臉說，從傘裡爬出來，「不過她得幫我們穿東西，你知道的。」

於是兄弟倆手拉手跑進了樹林，一會兒又跑回來，手裡抱了一堆東西——像靠墊、毯子、小地氈、桌布、碟蓋、煤桶什麼的。「釘別針和打結妳會吧？」叮噹咚問，「只要把所有這些東西弄到身上就行。」

愛麗絲後來說她從來沒見過那麼小題大作的場面——那兩位團團轉著，把一大堆東西堆在身上，讓她費了一番功夫地捆紮固定——「等弄好他們就成一個舊布團了！」她把一個靠墊圍在叮噹叮脖子上時對自己說。「這樣頭不會被砍掉！」他說。

「妳知道的，」他鄭重其事地說，「戰鬥時最嚴重的事，就是

頭被砍掉。」

愛麗絲忍不住笑出了聲，連忙假裝咳嗽，免得他不高興。

「我臉色是不是不大好？」叮噹咚邊過來讓她幫忙戴上頭盔邊問。（他管那叫頭盔，怎麼看都像是個湯鍋。）

「呃——是哦——有一點。」愛麗絲溫柔地說。

「我平時很勇敢的，」他低聲說，「只是今天剛好有點頭痛。」

「我剛好牙痛！」叮噹叮聽到了就說，「我比你疼多了！」

「那你們今天最好別打了。」愛麗絲覺得這是個化干戈為玉帛的好機會。

「我們多少還是要打一打，不過我不想打很久，」叮噹咚說，「現在幾點了？」

叮噹叮看了看他的錶說：「四點半。」

「打到六點吧，然後吃晚飯。」叮噹咚說。

「好的，」叮噹叮苦著臉說，「她可以看著我們——就是妳別靠太近，」他又添上一句，「我打得興起會打我看見的一切。」

「我會打我打得到的一切，」叮噹咚喊，「不管我有沒有看到！」

愛麗絲笑了。「我猜你肯定常常打到樹。」她說。

叮噹咚為之四顧，躊躇滿志。「等我們打完，」他說，「我不覺得這周圍會有還沒倒的樹了。」

「就為了一個撥浪鼓！」愛麗絲說，仍然希望讓他們能因為自己為了這麼點事大打出手，而感到那麼一點點羞愧。

「如果那不是新的，」叮噹咚說，「我才沒那麼在乎呢。」

「希望那隻大烏鴉會來！」愛麗絲想。

「只有一把劍，你看，」叮噹咚對叮噹叮說，「但你能用傘──也很尖。我們得快點打。天真的黑了。」

「愈來愈黑了。」叮噹叮說。

天一下子黑了，愛麗絲以為暴風雨要來了。「好厚的烏雲啊！」她說，「過來得那麼快！啊，它好像有翅膀！」

「是大烏鴉！」

叮噹咚驚聲尖叫，兩兄弟拔腿就跑，轉眼跑得無影無蹤。

愛麗絲往樹林裡跑了一小段路，停在一棵大樹下。「在這裡牠抓不到我了，」她想，「樹這麼密，牠這麼大，擠不進來的。不過，真希望牠別這樣拍打翅膀──樹林裡都刮颶風了──誰的披肩被吹過來了！」

Chapter 05
羊毛和水

愛麗絲說話間抓住了披肩，四下張望，想看看披肩是誰的，這時只見白皇后狂奔穿過樹林，張開雙臂，就像她在飛一樣，愛麗絲拿著披肩很有禮貌地迎了上去。

「很高興我剛好在路上撿到。」愛麗絲說著幫她重新披上披肩。

白皇后只是驚惶無助地看著她，嘴裡不住地念念有詞，聽起來好像是「奶油麵包，奶油麵包」，愛麗絲覺得如果想要和她交談，必須自己找話題。於是就又怯生生地說：「請問您是在穿樹林嗎？」

「呃，是吧，妳覺得樹林也能穿上身嗎？」皇后說，「我覺得不行哎。」

愛麗絲不想一上來就爭辯，便微笑著說：「要是陛下告訴我怎麼做，我會盡力把事做好的。」

「可我根本不想別人幫我做什麼啊！」可憐的皇后嘟嚷著說，「我早上自己穿衣服花了兩個多小時。」

那還是叫別人幫忙穿比較好啊，愛麗絲見她衣服穿得亂七八糟的。「什麼都是歪的，」愛麗絲心想，「渾身插滿了別針！——我可以幫妳整理一下披肩嗎？」她大聲說。

「我不知道這披肩是怎麼搞的！」皇后沮喪地說，「我覺得它生氣了。我把它這裡也別了，那裡也別了，它還是不高興！」

「全別在一邊它是不會平的啦，妳看，」愛麗絲輕輕地替她把披肩理好，說：「哎，乖乖，妳頭髮真亂啊！」

「圓梳子纏在頭髮裡了！」皇后歎了一口氣說，「扁梳子昨天也不見了。」

愛麗絲仔細地把圓鬃梳拆解出來，盡量幫她把頭髮整理好，又幫她把身上的別針整理了一下，說：「好啦，您現在看起來好多啦！不過，您真的應該有個侍女！」

「妳要來當我很樂意！」皇后說，「每週兩便士，隔天吃果醬。」

愛麗絲忍不住笑了，說：「我不想當，也不想吃果醬。」

「很好的果醬呢。」皇后說。

「好吧，可是我今天不想吃。」

「妳想吃也吃不到呢，」皇后說，「規定是昨天和明天吃果醬——就今天沒果醬吃。」

「總能輪到有天是『今天吃果醬』的啊。」愛麗絲不以為然。

「那不可能，」皇后說，「隔天吃果醬，『今天』不是『隔天』，妳知道的。」

「我不懂妳在說什麼，」愛麗絲說，「聽糊塗了！」

「倒著過日子是這樣的，」皇后和氣地說，「一開始是會有點迷糊的……」

「倒著過日子！」愛麗絲訝異地重複了一遍。「聞所未聞！」

「——但這樣很有好處，一個人的記憶會有兩個方向。」

「我想我的記憶只有一個方向，」愛麗絲說，「我沒法記住還沒發生的事啊。」

「只記得過去的記憶是一種可憐的記憶。」皇后說。

「那妳最記得的是哪種事啊？」愛麗絲冒昧地問。

「哦，下下週發生的事，」皇后滿不在乎地答道，「比如說，」她接著說，一邊把一大片膏藥貼到手指上，「有一個國王的信使，他現在在監獄裡受刑罰，但下星期三才審判，當然啦他在審判後才會犯罪。」

「如果他一直不犯罪呢？」愛麗絲說。

「那就更好了，不是嗎？」皇后說，一邊在藥膏外面綁上一圈緞帶。

愛麗絲覺得這也不能否認。「的確是更好，」她說，「但他受了罰，對他來說不能算更好。」

「妳完全錯了，」皇后說，「妳被罰過嗎？」

「只有做錯了事的時候。」愛麗絲說。

「然後妳就會變更好，是吧！」皇后以勝利的口吻說。

「是的，但我做了讓我該受到懲罰的錯事呀，」愛麗絲說，「那就完全不一樣呀。」

「但是即使妳沒做錯事，」皇后說，「懲罰還是會讓妳變得更好。更好，更好，更好！」每說一個「更好」，她的嗓門就提高一些，最後簡直成尖叫了。

愛麗絲剛說「還是有哪裡不對——」，皇后就突然大叫起來，讓她沒法把話說完。「噢，噢，噢！」皇后叫道，想要把手搖掉似的搖著手，「我手指流血啦！噢，噢，噢，噢！」

她叫得就像火車
在拉汽笛，愛麗絲不得不
摀住了雙耳。

　　「怎麼啦？」愛麗絲等她停了
就問，「妳手指刺傷了嗎？」

　　「還沒，」皇后說，「但等下會的——
噢，噢，噢！」

　　「那妳想什麼時候被刺到呢？」愛麗絲問，忍
不住要笑了。

　　「等我再扣披肩的時候，」可憐的皇后呻吟著說，「胸
針會馬上彈開。噢，噢！」話音剛落，胸針突然彈開了，皇后
猛地一把抓住它，想把它扣回去。

　　「小心！」愛麗絲叫道，「妳沒拿好！」她想幫皇后拿胸
針，但為時已晚，胸針一滑，刺進了皇后的手指。

　　「妳看，就是這樣流血的，」她笑著對愛麗絲說，「現在妳
知道這裡的事情是怎麼發生的了。」

　　「可妳現在怎麼不叫了呢？」愛麗絲問，手放在耳邊準備再
次摀住耳朵。

　　「我剛才已經叫過了，」皇后說，「再叫有什麼用？」

　　這時天漸漸亮了起來。「烏鴉應該飛走了，我想，」愛麗絲
說，「真高興牠走了，我還以為到晚上了呢。」

　　「真希望我能高興得起來！」皇后說，「我永遠記不住規
則。妳一定很快樂，住在這個樹林裡，想高興了就高興！」

　　「但是住在這裡很孤單！」愛麗絲哀傷地說，想起了自己的

孤獨，豆大的淚珠從臉頰上滾落。

「啊，別哭！」可憐的皇后叫道，絕望地攥著手，「想想妳是個多好的女孩，想想妳今天走了多少路，想想現在幾點鐘，想什麼都好，就是別哭啊！」

愛麗絲不禁破涕為笑。「妳想事情就能不哭嗎？」她問。

「就是這樣的啊，」皇后滿有把握地說，「沒人能同時做兩件事，妳知道的。先來想想看妳的年紀——妳多大了？」

「我正好七歲半。」

「妳不說『正好』我也信，」皇后說，「現在我來說些讓妳信的事。我有一百零一歲五個月零一天。」

「我不信！」愛麗絲說。

「不信嗎？」皇后惋惜地說，「再試試：深呼吸，閉上眼睛。」

愛麗絲笑了。「試也沒用，」她說，「不可能的事信不了啊。」

「我敢說這是妳練得不夠，」皇后說，「我像妳那麼大的時候，每天要練半小時。有時在吃早餐前就信了六件不可能的事。披肩又飛了！」

胸針在她說話時又彈開了，突然一陣狂風把皇后的披肩吹過一條小溪。皇后又張開了雙臂，像飛一樣奔跑著追趕，這回她自己抓住了它。「抓住了！」她得意地叫道，「妳看我把它扣好，我自己來！」

「現在妳手指好點了嗎？」愛麗絲跟著皇后一起跳過小溪時依然有禮貌地問。

*　　　　*　　　　*　　　　*　　　　*

*　　　　*　　　　*　　　　*　　　　*

*　　　　*　　　　*　　　　*

「哦，好多了！」皇后叫道，聲音愈來愈尖，「好多了！好多啦！好多嘞！哎──！」最後一個字拖得好長，像綿羊叫，把愛麗絲嚇了一跳。

愛麗絲看著皇后，她突然間好像裹在了一團羊毛裡。愛麗絲揉揉眼睛再看，她不明白到底發生了什麼事。她是在一間小商店裡嗎？那是真的嗎──櫃檯後面真的坐著一隻綿羊？她又揉了揉眼睛，看到的還是那樣：她正在一間幽暗的小商店裡，手肘放在櫃臺上，對面是隻老綿羊，坐在扶手椅裡織毛線，不時停下來透過一副大眼鏡瞧著她。

「妳想買什麼？」綿羊停下手，看了她一會兒，問道。

「我還不知道，」愛麗絲好聲好氣地說，「可以的話我想先四周看看。」

「妳樂意的話可以看看前面和兩邊，」綿羊說，「妳看不了四周──除非妳腦袋後頭長了眼睛。」

愛麗絲腦袋後頭的確沒長眼睛，只好轉著身看四周的貨架。

小店裡好像放滿了各式各樣奇怪的東西，但最最奇怪的是，每當她盯睛看哪個貨架上到底有些什麼，那個貨架總是空的，而它

旁邊的貨架都滿到不行。

　　「這裡的東西好會溜啊！」她徒勞無功地花了好幾分鐘追蹤一個又大又亮的東西，它有時像個娃娃，有時像針線盒，總在她看的那格的上面一格，最後她抱怨說：「這個東西最氣人——不過我告訴妳——」她靈機一動，「讓我來盯著它一直把它盯到最上面一格，它也沒法穿過天花板逃掉吧！」

　　可是這計畫也失敗了：那個東西悄無聲息地沒入了天花板，就像它常這樣做似的。

　　「妳是個小孩還是個四

力陀螺？」綿羊說，一邊又取出一副針，「妳要再這麼轉下去找都要暈了。」她現在用十四對針一起織，愛麗絲驚奇地看著。

　　「她怎麼能用這麼多針來織啊？」小女孩迷惑地想，「她愈來愈像隻豪豬了！」

　　「妳會划船嗎？」綿羊問著，遞給她一副毛線針。

　　「會一點，可是不是在陸地上，也不是用毛線針……」愛麗絲說著話，手裡的針突然變成了槳，她發現她們正在一條小船上，在兩岸間漂浮，這樣一來她就沒話說了，只能努力划槳。

　　「揮平！」綿羊喊，又拿起一副針。

　　愛麗絲覺得這不像是一句需要回答的話，就沒作聲，只管划。這水真怪，她想，槳會時不時黏在裡面，很難拔出來。

　　「揮平！揮平！」綿羊又叫，拿起了更多針，「妳快別槳了！」

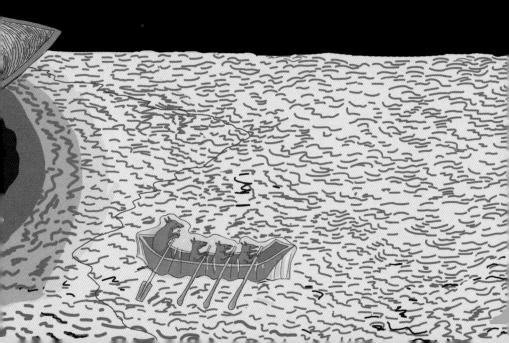

「又要我評又要我別講！」愛麗絲想，「什麼意思啊。」

「妳沒聽見我說『揮平』嗎？」綿羊生氣地喊，拿起一大把針。

「聽見了，」愛麗絲說，「妳一直在說——很大聲。可妳在說什麼啊？」

「槳啊！當然是！」綿羊說，把一些針插進毛裡，因為她手裡已經滿了。「槳揮平，我說！」

「一會兒『別講』一會兒又要『講』，」愛麗絲不耐煩地問，「到底要評什麼啊？」

「評妳是個小呆頭鵝。」綿羊說。

愛麗絲有點不高興，兩個人好一會兒沒說話，小船悠悠蕩蕩，有時漂進水草叢（水草纏住槳，更難拔出來），有時滑過樹下，但兩旁始終是高聳的河岸，在她們上方眉頭緊鎖。

「啊，求求妳！那裡有些香燈心草！」愛麗絲突然開心地叫起來，「真的哎——真好看！」

「妳不用為了它們跟我說『求求妳』啊，」綿羊織著毛線，頭也不抬地說，「不是我種的，我也不會把它們拿走。」

「不是，我是說，求求妳，我們可以停下來採一些嗎？」愛麗絲請求道，「如果妳不介意把船停幾分鐘。」

「我怎麼讓船停啊。」綿羊說，「妳不划，它就自己停了。」

於是船任意漂蕩，緩緩滑進了搖曳的燈心草叢裡。愛麗絲仔細地捲起小小的袖子，小手臂齊肘伸到水裡，拔出足夠長的燈心草——一時間愛麗絲把綿羊和織毛線都拋到了腦後，她俯身探過船舷，頭髮絡兒尖輕點水面，快活的眼睛亮閃閃的，一把又一把

地採著散發著清香的燈心草。

「但願船不要翻啊！」她對自己說，「啊！那棵真可愛！就是構不著。」著實有點氣人，（「它簡直像故意長在那裡的。」她想）雖然她乘著漂啊漂的小船已經採到了不少美麗的燈心草，但總是有更可愛的她構不著。

「最漂亮的永遠在更遠的地方！」最後她說，為那些堅持長得如此之遠的燈心草歎息了一聲，帶著紅撲撲的臉頰、溼答答的頭髮和雙手爬回座位，開始整理她新收集來的寶貝。

燈心草一被摘下來就開始枯萎，失去它們所有的香氣與美麗，但那對她來說又有什麼關係呢？即便是真的香燈心草，你知道的，也只能維持很短的時間，而這些，是夢中的燈心草，堆在她腳邊，像雪一樣融化。但愛麗絲幾乎沒注意到這些，她還有許多其他的怪事要想。

她們沒划多遠，一片槳葉黏在了水裡「不肯」出來（愛麗絲後來這樣解釋），結果槳柄打到了她的下巴，可憐的愛麗絲叫喚連連：「哎！哎！哎！」這一下直接把她從座位上打翻到了燈心草堆裡。

不過她沒受傷，很快爬起來，坐回了座位，慶幸自己還在船上。綿羊繼續若無其事地織著毛線。「妳抓了個大螃蟹！」她說。

「是嗎？我沒看見啊，」愛麗絲小心翼翼地探出船舷往幽深的水裡瞧，「但願牠沒跑——我好想帶隻小螃蟹回家呀！」但綿羊只是冷笑了一聲，織她的毛線。

「這裡螃蟹很多嗎？」愛麗絲說。

「有，這裡什麼都有，」綿羊說，「應有盡有，任君挑選。所以妳想買什麼？」

「買什麼？」愛麗絲又驚又怕地跟著說，因為船啊、槳啊、小河啊，一下子統統都消失了，她又回到了那間幽暗的小店裡。

「我想買一顆蛋，麻煩妳，」她怯生生地說，「怎麼賣的？」

「一顆五又四分之一便士，兩顆二便士。」綿羊答道。

「兩顆比一顆便宜啊？」愛麗絲驚訝地說，拿出了錢包。

「妳要是買兩顆就要吃兩顆。」綿羊說。

「那我就買一顆吧，麻煩妳。」愛麗絲把錢放在櫃檯上說。她想：「妳知道蛋不一定都是好的。」

綿羊拿了錢，放進一個盒子，接著說：「我從來不把東西放到顧客手裡，不能這麼做，妳得自己過去拿。」說著走到店鋪後面，把蛋立著放到貨架上。

「為什麼不能直接給我？」愛麗絲想。她在桌椅間尋路前進，商店往深處去特別暗。「好像我愈朝蛋走，蛋離我愈遠啊。哎，這是椅子嗎？好吧，怎麼長著樹枝啊，真的！太怪了！這裡居然長樹！竟然還有小溪！真是我見過的最古怪的店！」

＊　　　　＊　　　　＊　　　　＊　　　　＊　　　　＊
　　＊　　　　＊　　　　＊　　　　＊　　　　＊
＊　　　　＊　　　　＊　　　　＊　　　　＊　　　　＊

她一直朝前走，每走一步都愈來愈驚奇，每樣東西在她走到跟前的瞬間都變成了樹，她想那顆蛋也會一樣變成樹的。

Chapter 06
蛋頭先生

　　然而，那顆蛋只是變得愈來愈大，愈來愈像個人，當她走到離著還有幾碼時，看見了他的眼睛、鼻子和嘴，那分明就是蛋頭。「沒別人了！」她對自己說，「一看就是他，他名字就像寫在臉上一樣！」

　　在那張龐然大臉上寫一百個名字也不難。蛋頭像個土耳其人那樣盤腿坐在高高的牆頭上——牆頭很窄，愛麗絲真不知道他怎麼知道坐得住的——目不轉晴地盯著前方，全然不理會愛麗絲，所以她覺得他是個填充玩具。

　　「他怎麼這麼像蛋啊！」她大聲說，擔心他隨時會掉下來，就伸手準備接著。

　　「真氣人，」蛋頭過了好久才說話，也不看愛麗絲，「被叫成一顆蛋——好氣啊！」

　　「我只是說您看上去像蛋，」愛麗絲柔聲解釋說，「你知道有些蛋很漂亮的。」她又加了一句，想要把前面那句話變成一句稱讚。

　　「有些人，」蛋頭還是不看她，「還沒嬰兒懂事。」

愛麗絲不知道該說什麼，這
也不像對話，她想，因為他都沒對
她說話，實際上他剛才明明是對著一
棵樹說的——於是她站著，自己輕聲背
起詩來：

圓圓胖子坐牆頭，

摔了一個大跟斗。

國王全部的人馬，

一起來也復原不了它。

「這首詩最後一句太長了。」她忘了蛋頭會聽到，說得有點大聲。

「別那樣自言自語了，」蛋頭終於看了她說，「跟我說說妳叫什麼、是做什麼的吧。」

「我叫愛麗絲，可是——」

「好蠢的名字啊！」蛋頭不耐煩地打斷了她，「是什麼意思？」

「名字一定要有意思嗎？」愛麗絲懷疑地問。

「當然啦，」蛋頭短促地笑了一聲，「我名字的意思就是我的身形，真是個好英俊的形狀啊。但像妳那種名字，妳可能是隨便什麼形狀，幾乎都可以。」

「你為什麼一個人坐在這裡？」愛麗絲不想吵架，就說。

「因為沒人和我一起坐啊！」蛋頭大聲說，「妳以為我猜不出來嗎？再換一題。」

「你不覺得你在地上更安全一點？」愛麗絲又說，一點也沒想出謎題，只是好心地為這個怪東西擔憂，「這牆這麼窄的！」

「妳出的題真是無比簡單啊！」蛋頭叫道，「我當然不覺得啊！而且，要是我真的摔下來——這根本不可能——但即便——」他嘟著嘴，樣子鄭重又嚴肅，使得愛麗絲幾乎笑了出

來，「即便我真摔了，」他說，「國王向我保證過——啊，妳嚇到了吧？沒想到我會說這個吧？國王向我親口保證過——」

「會派他全部的人馬來。」愛麗絲順嘴接著他的話說。

「這太過分了！」蛋頭一下子激動地嚷起來，「妳一定是在門後面、樹後面、煙囪裡偷聽了！不然，妳不可能知道這個！」

「我沒有！」愛麗絲溫和地說，「我是在一本書裡看到的。」

「哈，好吧！他們會在書上寫這樣的事，」蛋頭的調子平靜了些，「那就是你們叫做英國歷史的東西了，真是的。現在好好看看我！我是跟國王說過話的人，沒錯就是我，說不定妳以後再也遇不到另一個這樣的人了。為了表示我不驕傲，妳可以和我握手！」他露出一個嘴咧到耳根的笑容，俯下身子（再俯低一點點就要從牆上摔下來了）把手伸給愛麗絲。愛麗絲握住他的手搖一搖的時候有點提心吊膽地看著他。「要是他再笑得開一點，嘴角咧到腦後相遇，」她想，「那不知道他的頭會怎麼樣啊！大概會掉下來吧！」

「是的，國王全部的人馬，」蛋頭說，「會把我立即扶起來，一定會的！不過我們有點扯遠了，回到前面的話題吧。」

「我怕是都不記得了。」愛麗絲很客氣地說。

「那就重新來吧，」蛋頭說，「輪到我出題目了——」（「他把那當遊戲玩啊！」愛麗絲想。）「我問妳，妳之前說妳多大？」

愛麗絲很快地算了算說：「七歲零六個月。」

「錯啦！」蛋頭開心地叫起來，「妳剛才不是那樣說的。」

「我以為你是問『妳多大』。」愛麗絲解釋說。

「我要是想問那個我就會那樣說。」蛋頭說。

愛麗絲不想又開始一場爭辯，便不說話。

「七歲零六個月！」蛋頭思忖著重複道，「一種多麼不愉快的年紀啊。要是你問我有什麼建議，我會說『就停在七歲上』——然而現在為時已晚。」

「我從來不為長大的事徵求別人的意見。」愛麗絲憤然道。

「太驕傲了嗎？」蛋頭說。

愛麗絲聽他這麼說更氣了，說：「我覺得一個人沒法不長大。」

「一個人可能是沒辦法，」蛋頭說，「但是兩個人就能啊。有人幫一把妳就能停在七歲。」

「你的腰帶好漂亮啊！」愛麗絲突然說。（年紀的話題真是夠了，她想，要是他們真的在輪流選題目，那現在該輪到她了。）「要麼，」她再一想又趕緊改口，「是條漂亮的領帶，應該是——哎，不，是腰帶，我是說——對不起啊！」她有點氣餒了，蛋頭看上去已經被得罪了，她開始希望她沒選這個話題。「要是我分得出哪裡是脖子哪裡是腰就好了！」她想。

雖然蛋頭有一兩分鐘沒說話，但他顯然非常生氣。當他再次開口時發出的是低吼。

「氣——死——我——啦，」他說，「一個人連領帶和腰帶都分不出！」

「我知道我很無知。」愛麗絲低聲下氣地說，令蛋頭氣消了一點。

「這是領帶，小孩，還是條漂亮領帶，像妳說的那樣。它是白

國王和皇后送我的禮物。懂了嗎？」

「真的嗎？」愛麗絲說，很高興原來自己找的確實是個好話題。

「他們把它送給我，」蛋頭蹺起二郎腿，雙手環抱著腿，繼續回想著說，「他們是把它作為非生日禮物送給我的。」

「什麼？」愛麗絲迷惑不解。

「領帶，漂亮的領帶。」蛋頭說。

「我是說，什麼叫非生日禮物？」

「當然就是在不是你生日時送你的禮物。」

愛麗絲想了一下，說：「我最喜歡生日禮物了。」

「妳都不知道妳在說什麼！」蛋頭高聲說，「一年有多少天？」

「三百六十五天。」愛麗絲說。

「妳一年有幾個生日？」

「一個。」

「三百六十五減一是多少？」

「當然是三百六十四。」

蛋頭看起來有點懷疑。「妳在紙上算給我看。」他說。

愛麗絲忍不住笑了，拿出記事本，寫下算式給他看：

$$
\begin{array}{r}
365 \\
-1 \\
\hline
364
\end{array}
$$

蛋頭接過本子，仔細地看了半天說：「好像沒錯……」

「你拿反了！」愛麗絲說。

「哎對！」等愛麗絲把本子轉過來，蛋頭快活地說，「我就覺得看起來有點怪。所以我說『好像』沒錯。雖然我現在沒時間仔細看，不過這說明有三百六十四天可以拿到非生日禮物——」

「是的。」愛麗絲說。

「而只有一天能收到生日禮物，妳看。妳該感到光榮的！」

「我不知道你說的『光榮』是什麼意思。」愛麗絲說。

蛋頭鄙夷地笑笑：「我不告訴妳，妳當然不知道啊，我的意思是『無可駁倒的論點』！」

「可是『光榮』不是『完全駁倒』的意思呀。」愛麗絲抗議。

「當我用一個詞的時候，」蛋頭口氣很大地說，「任何一個詞，都一定是我所指定的意思，一點也不會偏差。」

「問題是，」愛麗絲說，「你怎麼可能讓詞有那麼多不同的意思呢？」

「問題在於誰是那些詞的主人，就這麼簡單。」蛋頭說。

愛麗絲困惑得不知道要說什麼。過了一會兒蛋頭又說：「它們都有脾氣，有些——尤其是動詞，它們最驕傲——形容詞隨便妳怎麼用，但動詞不行——不過，它們我全都能搞定！難以費解！我說的！」

「能不能麻煩你告訴我，什麼意思啊？」愛麗絲說。

「現在妳說話像個懂事的小孩了，」蛋頭看起來很高興，「『難以理解』的意思就是這個話題說得夠多啦，還是說說妳接下來想做什麼吧，我想妳不可能接下來一輩子都停在這裡吧。」

「一個詞能有這麼多意思啊。」愛麗絲若有所思地說。

「要是我讓一個詞做那麼多工作，」蛋頭說，「我通常會多付給它報酬。」

「哦！」愛麗絲說。她太困惑了，無話可說。

「嗯，妳會看到它們星期六晚上都來圍著我，」蛋頭接著說，慢慢地把頭晃過來晃過去，「妳知道，是來領工資的。」

（愛麗絲不敢貿然問他用什麼付給它們，所以你看我也沒法告訴你。）

「你好像很會解釋詞，先生，」愛麗絲說，「那能請你給我講講〈假駁沃克龍〉是什麼意思嗎？」

「念來聽聽，」蛋頭說，「已經寫出來的詩我都能解釋。很多還沒寫出的詩我也能解釋。」

聽起來很有希望，於是愛麗絲背起了第一節：

> 劈燒點，綿黏螺嘴獾
> 在前後草裡陀螺鑽；
> 脆悲的是薄弱鴿，
> 還有米猜哮哨。

「先這樣就好，」蛋頭打斷她說，「已經有很多難詞了。『劈燒點』意思是下午四點鐘——那時候開始劈柴燒火準備做晚飯。」

「解釋得真好啊，」愛麗絲說，「那『綿黏』呢？」

「『綿黏』意思是『綿軟又黏滑』，而『綿軟』又有『靈活』的意思。妳看這就像個皮箱——兩個涵義收納在一個詞裡。」

「我明白啦，」愛麗絲思考著說，「那『螺嘴獾』是什麼？」

「呃，『螺嘴獾』是一種像獾的東西——有點像蜥蜴，又有點像開瓶鑽。」

「牠們肯定是長相奇怪的動物。」

「是啊，」蛋頭說，「牠們在日晷下面做窩，吃乳酪為生。」

「那『陀螺鑽』是什麼？」

「就是像個陀螺儀一樣轉啊轉，並像手鑽那樣鑽出個洞。」

「那我猜『前後草』是日晷周圍的草地？」愛麗絲說著為自己的聰明感到吃驚。

「沒錯。它叫『前後草』，妳知道的，因為它又在前面又在後面——」

「換個方向說也等於左右兩邊。」愛麗絲補充說。

「正是如此。至於『脆悲』就是『脆弱又悲苦』（妳看又一個皮箱詞）。『薄弱鴿』是一種又瘦又難看的鳥，全身羽毛拖著，有點像個活的拖把。」

「那『米猜』呢？」愛麗絲說，「我怕是太麻煩你了吧。」

「『猜』是一種青色的豬，但是『米』我不確定，我覺得是形容迷路了沒法走，妳知道的。」

「那『哮哨』是什麼意思？」

「『哮哨』是介於咆哮和吹口哨之間的動作，中間還有一點像打噴嚏的聲音。反正，妳有可能會在不遠的樹林裡聽到那種聲音，妳聽到妳會覺得很滿足。這麼難的詩是誰念給妳聽的？」

「我在一本書裡看到的，」愛麗絲說，「但我聽人家念過比這簡單一點的詩——叮噹叮念給我聽的，我想是他。」

「說到詩，妳知道的，」蛋頭伸出他的
一隻大手說，「我背得可不比誰差，如果要比
的話——」

　　「哎，不用比！」愛麗絲連忙說，希望能把
他攔住。

　　「我要背的詩，」他不理她的話，繼續說，「完
全是為了討妳的歡心寫的。」

　　愛麗絲覺得這樣一來只好聽了，於是無可奈何地
坐下說「謝謝」。

> 冬天四野白茫茫，
> 我為悅君把歌唱——

　　「只是我沒唱。」他補充說。

　　「我看出來了。」愛麗絲說。

　　「如果妳看得出我有唱沒唱，妳已經比大多數人眼尖了。」
蛋頭嚴肅地說。愛麗絲不作聲。

> 春天樹林青又青，
> 我說心事給妳聽。

　　「謝謝。」愛麗絲說。

> 夏日光景悠悠長，

　　　　或妳會把這歌想；

　　　　秋天葉子紛紛黃，
　　　　記在紙上莫要忘。

「我會的，如果我到時記得的話。」愛麗絲說。
　「妳不用一直搭話的，」蛋頭說，「這種話沒什麼意思，還會
擾亂我。」

　　　　我給魚帶話：
　　　　「此乃我心願」。

　　　　小魚住海中，
　　　　傳給我回答。

　　　　魚兒答覆說：
　　　　「我們沒辦法。」

「我聽不大懂。」愛麗絲說。
「後面好懂多了。」蛋頭說。

　　　　我又再囑咐：
　　　　「最好聽我話。」

魚兒笑哈哈，
「你有毛病嗎？」

我告誡再三，
當我耳旁風。

我拿大水壺，
來執行任務。

我心撲撲跳，
灌滿一壺水。

有人來報告：
「小魚已睡覺。」

我話說明白：
「叫牠們起來。」

大聲又清楚，
在他耳邊叫。

　　蛋頭背著背著嗓門就幾乎提成了尖叫，愛麗絲打了個哆嗦，
想：「不論給我什麼，我都不想當這個傳話的！」

這人硬又傲，
說我聲太高。

這人傲又硬，
沒一口答應。

我拿螺旋鑽，
親自去喚醒。

發現門鎖上，
拉推踢敲撞。

發現門緊閉，
想要轉把手。

停了好久。
「沒了？」愛麗絲小心翼翼地問。
「沒了，」蛋頭說，「再見。」
如此猝不及防，愛麗絲想：可是他話已經說得這麼明白，她再不走就失禮了。於是她起身，伸出手說：「再見，有機會再見！」她盡量興高采烈地說。
「就算我們再見了我也不認識妳啦，」蛋頭抱怨說，伸給她一根手指握手，「妳長得和別人一個樣。」

「一般來說是看臉認人的吧。」愛麗絲想了想說。

「我就是不滿意這個呢，」蛋頭說，「妳的臉和大家的一樣——兩個眼睛長在這裡——」（他用大拇指在空中比畫了一下位置）「鼻子在中間，嘴巴在下面，全都一樣。比如說要是妳兩個眼睛在鼻子的同一邊，或者嘴在最上面，就會好認一點。」

「那會很難看。」愛麗絲抗議說。但蛋頭只是閉上眼說：「試了再說吧。」

愛麗絲等了一會兒，看他還會不會再說什麼，但他就只是閉著眼睛，再也不理她。她又說了一聲「再見！」看看沒有反應，便默默地走了，邊走又邊忍不住對自己說：「在所有讓人不舒服的人裡——」（她大聲又說了一遍，彷彿以這樣的句式開頭會暢快一點似的。）「在所有我遇到過的讓人不舒服的人裡——」她話沒說完，一聲重物砸落的巨響震徹了整個森林。

Chapter 07
獅子與獨角獸

接著，便有許多士兵穿林而來，先是三三兩兩的，接著十個二十個一起，最後大群的士兵擠滿了整座森林。愛麗絲怕被撞到，躲在一棵樹後看他們經過。

愛麗絲從沒見過腳步那麼不穩的士兵，他們老是被這樣那樣的東西絆倒，而且只要一個倒了，後面就會有好幾個跟著摔倒在他身上，於是地上很快就到處都是小小的人堆。

隨即馬也來了。因為馬有四條腿，牠們走得比兩條腿的步兵穩，但也是不時被絆倒，並且好像有個規則，馬一倒，騎手就立刻摔下來了。情況愈來愈混亂，愛麗絲跑出樹林，來到一片空地，鬆了一口氣，看見白國王坐在地上，忙著在記事本上寫東西。

「我把人馬都派去了！」國王看見愛麗絲高興地喊，「妳走過樹林時看見士兵了嗎，親愛的？」

「看見啦，好幾千個吧？」愛麗絲說。

「準確的數字是，四千二百零七個，」國王看著本子說，「妳知道我不能把所有的馬都派出去，因為有兩匹要參加棋賽。還有兩個信使也沒去，他們進城了。妳看路上他們回來了嗎？」

「我看路上沒人。」愛麗絲說。

「我真希望我有這麼厲害的眼睛啊，」國王煩惱地說，「連『沒人』都看得到！還離得那麼遠！哎，像這樣的光線我只能看到普通人！」

愛麗絲沒在聽國王說話，她正一手搭著涼棚一心往路上看。「我看見人了！」過了一會兒她叫起來，「可是過來得好慢，姿勢也好奇怪啊！」（那信使走來時一蹦一蹦的，還像鰻魚一樣扭著，兩隻大手像扇子一樣張在身邊。）

「並不怪，」國王說，「他是盎格魯－撒克遜信使，那是盎格魯－撒克遜姿勢，他心裡舒服的時候才這麼走，他名叫阿兔。」（他好像強調了「舒服」和「阿兔」的押韻。）

愛麗絲不由得找起那些押韻的詞來：「阿兔心裡很舒服，因為讀了書。阿兔想學變魔術，又想學跳舞。他吃三明治紅薯，吃得胖乎乎。他的名字叫阿兔，他……」

「他在山上住。」愛麗絲在想還有什麼「烏」韻的詞時，國王順口接了話，無意中加入了愛麗絲的遊戲。「另一個信使叫帽醬。我得有兩個信使，妳知道的，一個來，一個去。」

「啊？」愛麗絲說。

「這也不用驚訝啊。」國王說。

「我是沒聽明白，」愛麗絲說，「為什麼要一個來一個去？」

「我不是說了嗎？」國王不耐煩地說，「我必須要有兩個——送出去和帶回來。一個把信送出去，一個把回信帶回來。」

這時信使到了，他喘得一個字也說不出來，只能雙手一通亂舞，驚恐地看著國王。

「這位年輕的小姐喜歡你的名字押『烏』韻。」國王想用介紹

愛麗絲來轉移信使的注意力，可是沒有用，盎格魯－撒克遜姿勢只是愈來愈誇張，信使的眼睛瞪得大大的，眼珠亂轉。

「我被你嚇著啦！」國王說，「頭好暈，給我一塊三明治！」

信使聞言打開掛在脖子上的口袋，拿出一塊三明治遞給國王，國王就狼吞虎嚥地吃了。愛麗絲看著覺得怪有意思的。

「再來一塊！」國王說。

「沒了，只有紅薯了。」信使看了看袋子說。

「那就紅薯吧。」國王有氣無力地嘟噥。

愛麗絲很高興他吃了紅薯看起來好多了。「頭暈的時候沒什麼能像紅薯這樣。」他邊嚼邊對她說。

「我覺得給你潑冷水更好，」愛麗絲建議說，「或者聞聞嗅鹽。」

「我沒說沒有比它更好的東西，」國王說，「我是說沒什麼能和它一樣。」愛麗絲不敢否認。

「你在路上遇到誰了嗎？」國王接著問，伸著手向信使又要了些紅薯。

「沒人。」信使說。

「還真是，」國王說，「這位年輕的小姐也看到他啦。所以顯然『沒人』走得比你慢。」

「我已經盡力走了，」信使不高興地說，「我敢肯定沒人走得比我更快！」

「他沒有比你快呀，」國王說，「不然他就先到這裡啦。好了，現在你喘過氣來了，說說城裡的事吧。」

「我要悄悄說。」信使說，把手放在嘴邊做成喇叭的形狀，

踮腳湊近國王的耳朵。愛麗絲覺得有點遺憾，因為她也想聽聽新消息。然而他並沒有低語，而是放開喉嚨高喊：「他們又打起來了！」

「你這叫悄悄說嗎？」可憐的國王大叫，驚得跳起來搖晃，「你要是再這麼做，我就給你抹奶油！真是如雷貫耳像地震！」

「那真是場很小的地震！」愛麗絲想。「誰又打啦？」她斗膽問。

「那當然是獅子和獨角獸啦。」國王說。

「為了王冠打嗎？」

「沒錯，」國王說，「最好笑的是，王冠明明一直是我的！我們跑過去看看吧。」於是他們小跑起來，愛麗絲邊跑邊自己背那首老歌：

> 獅子和獨角獸在為王冠而戰，
> 獅子打得獨角獸滿城轉。
> 有人給牠們白麵包，有人給黑麵包，
> 有人給水果蛋糕，打鼓把牠們趕跑。

「贏的──那個就能──得到王冠──嗎？」她跑得上氣不接下氣地問。

「當然不是！」國王說，「怎麼可能！」

「你能不能──行行好──」愛麗絲又跑了一小段，氣喘吁吁地說，「停一分鐘──喘口氣──好嗎？」

「我行得很好──」國王說，「但我行的本事不夠大。妳看，一分鐘過去得如此之快，想要停住它，就像要阻擋一頭綁奪獸一

樣啊！」

　　愛麗絲喘得沒法說
話了，於是他們就都不
說話接著跑，直到看見
了一大群人，他們圍著
正在打架的獅子和獨角
獸。牠們打得塵土飛揚
如雲似霧，愛麗絲一開
始都看不清誰是誰，但
她很快靠獨角獸的角分
辨了出來。

另一個信使——帽醬也在看打架，一隻手端著一杯茶，另一隻手裡拿著一塊奶油麵包。他們就走到他身邊。

「他剛從監獄裡放出來，進去的時候他茶還沒喝完，」阿兔悄聲對愛麗絲說，「在裡頭他們只給他吃牡蠣殼，所以妳看他又餓又渴。你好嗎？小朋友！」他上前親熱地摟住了帽醬的脖子。

帽醬回頭看看，點點頭，繼續吃他的奶油麵包。

「你在監獄裡開心嗎，小朋友？」阿兔說。

帽醬又回頭看了一眼，這回臉上落下了兩行淚，但還是一言不發。

「說話呀，你！」

阿兔不耐煩地喊。但帽醬只是吃著麵包、喝更多茶。

「說話呀，你！」

國王也喊，「牠們打得怎麼樣啦？」

帽醬拚盡全力嚥下一大口奶油麵包，噎著說：「打得很好，兩邊都被打倒七八十次了。」

「那我想牠們很快就要把白麵包和黑麵包拿來了吧？」愛麗絲大膽地說。

「已經放著等牠們拿了，」帽醬說，「我吃的這塊就是。」

這時國王大聲宣布：「休息十分鐘吃點心！」獅子和獨角獸就停了下來，坐在地上喘氣，阿兔和帽醬立刻忙起來，端上了一盤

盤白麵包和黑麵包。愛麗絲拿了一片來嘗，覺得乾得要命。

「我覺得牠們今天不會再打了，」國王對帽醬說，「去叫鼓打起來。」帽醬就像蚱蜢一樣跳走了。

愛麗絲靜靜地站著看了他一會兒，突然眼前一亮。「看，看！」她叫起來，熱切地往那邊指，「白皇后跑過了田野！她在那邊從樹林裡飛出來了！這些皇后跑得真快啊！」

「肯定有敵人在追她，」國王看也不看就說，「樹林裡全是敵人。」

「你不跑去幫她嗎？」他這樣處之泰然，愛麗絲有點驚訝。

「沒用，沒用！」國王說，「她跑得那麼快，要追上她就像要抓住一頭潘達斯奈基猛獸一樣！不過，如果妳希望的話我會為她寫一條備忘錄：她是個可愛的好造物。」他低聲重複著，打開了他的記事本，「『造物』的『物』有雨字頭嗎？」

這時獨角獸手插在兜裡閒晃過他們身邊。「這次我贏了吧？」牠經過國王時看了他一眼說。

「 一 點 點 ， 一 點 點 ， 」

國王緊張地回答，「你不該用角撞牠，你知道的。」

「又沒傷到牠。」獨角獸滿不在乎地說，牠正要走開，目光落到了愛麗絲身上，馬上轉過身來，站著看了她一會兒，萬分嫌棄的樣子。

「這──是──什麼東西？」最後牠說。

「這是一個小孩！」阿兔熱心地回答，走到愛麗絲身前介紹

她，張開雙手對她做了一個盎格魯－撒克遜姿勢，「我們今天剛發現的。跟真人一樣大，比天然的還要天然。」

「我一直覺得他們是神話裡的怪物！」獨角獸說，「她是活的嗎？」

「她會說話。」阿兔嚴肅地說。

獨角獸像做夢似的看著愛麗絲，說：「說話，小孩。」

愛麗絲不禁揚起嘴角露出了微笑，說：「你知道嗎？我也一直覺得獨角獸是神話裡的怪物！我從來沒見過活的！」

「好吧，現在我們都互相見過了，」獨角獸說，「如果妳相信我是真的，我也相信妳。公平嗎？」

「好啊，你說怎樣就怎樣。」愛麗絲說。

「來，把水果蛋糕拿出來，老頭！」獨角獸轉向國王說，「不要黑麵包！」

「沒問題，沒問題！」國王叨叨著，示意阿兔，「打開袋子！」他悄聲說，「快點！不是那個──那個裡面都是紅薯！」阿兔從袋子裡拿出一個大蛋糕，給愛麗絲拿著，又拿出一個碟子和一把刀。愛麗絲不知道袋子裡怎麼能拿出這麼多東西，真像變戲法，她想。

這時獅子也過來了，牠看上去又累又睏，眼睛睜也睜不開。「這是什麼東西！」牠懶洋洋地瞇著眼看著愛麗絲說，聲音低沉空洞如洪鐘。

「啊，妳問這是什麼嗎？」獨角獸連忙喊，「妳猜不出來的！我就猜不出來！」

獅子有氣無力地看著愛麗絲。「妳是動物……還是植物……還

是礦物啊？」牠每說一個詞就打一個呵欠。

「這是神話裡的怪物！」獨角獸不等愛麗絲回答就大聲說。

「那來份水果蛋糕吧，怪物，」獅子說著趴下來，下巴擱在爪子上，「你們兩個都坐下（對國王和獨角獸說），蛋糕要分得公平，知道嗎？！」

國王坐在兩個大動物中間，明顯很不自在，但也沒別的地方坐了。

「要不我們再為王冠打一架吧！」獨角獸狡猾地抬頭看著王冠說。國王嚇得直哆嗦，差點沒把王冠抖下來。

「贏你輕輕鬆鬆啊。」獅子說。

「我看未必。」獨角獸說。

「哼，我還不是把你打得滿城轉，膽小鬼！」獅子生氣地說，邊說還邊挺起了身子。

這時國王插嘴進來，想讓牠們別吵了，他很緊張，聲音直打顫，「滿城轉？」他說，「那路可長啊。你們是走舊橋那邊還是市場？舊橋那邊風景最好。」

「我根本不知道，」獅子嘟噥著又趴下來，「滿天塵埃，什麼也看不見。怪物怎麼切蛋糕切了那麼久啊！」

愛麗絲坐在一條小溪邊，腿上放著大碟子，用刀努力地鋸著蛋糕。「好氣啊！」她回應獅子說（她已經習慣被稱作「怪物」了），「我已經切了好幾片了，老是切好又合了起來！」

「妳不會切鏡子裡的蛋糕，」獨角獸說，「要先分給大家，然後再切。」

這聽起來荒唐，但愛麗絲很聽話地站起來端著盤子遞了一圈，

蛋糕就隨之自動分成了三塊。「現在切吧。」她拿著空碟子回到原位時獅子說。

　　愛麗絲坐著拿著刀，不知道要怎麼下手。「我說，這不公平！」獨角獸說，「怪物給獅子的是我的兩倍大！」

　　「但她一點都沒給自己呢，」獅子說，「妳想要水果蛋糕嗎，怪物？」

　　愛麗絲還來不及回答，鼓聲就響起了。

　　她弄不清聲響是從哪裡傳來的，四面八方的空氣中都充滿了鼓聲，一浪一浪灌進她的腦袋，她覺得快要聾了，惶恐中她站起身來，跳過了小溪。

＊　　　　＊　　　　＊　　　　＊　　　　＊　　　　＊
　　＊　　　　＊　　　　＊　　　　＊　　　　＊
＊　　　　＊　　　　＊　　　　＊　　　　＊　　　　＊

　　那時她還看見獅子和獨角獸也站了起來，為了野餐被打斷而怒氣衝衝，接著她跪下捂住了耳朵，徒勞地想要阻隔住可怕的喧囂。

　　「如果這樣還不能『打鼓把牠們趕跑』，」她想，「那就什麼辦法也沒有了！」

Chapter 08
「這是我的發明」

過了一會兒，鼓聲漸漸低了下去，最後一片寂靜，愛麗絲抬起頭來，仍驚疑不止。周圍一個人也看不見，她的第一反應是，獅子、獨角獸和那些奇怪的盎格魯－撒克遜信使都是她夢到的，然而她用來切蛋糕的大盤子還躺在腳邊。「所以我不是在做夢，」她對自己說，「除非——除非我們都在同一個夢裡。我只是希望那是我的夢，不是紅國王的！我不喜歡屬於別人的夢，」她繼續不滿地說，「真想回去叫醒他，看看會怎麼樣！」

她正想著，被一聲高喊打斷了。「呵！呵！將軍！」一位穿著深紅色盔甲的騎士舞著一支大錘策馬衝來，到她跟前猛地停下：「妳是我的俘虜！」騎士喊著，從馬上摔了下來。

愛麗絲嚇了一大跳，一時之間為騎士擔心得比為自己更多，焦急地看著他重新騎上馬。他在鞍上一坐穩，就又要喊「妳是我的——」，然而另一個聲音突然冒了出來：「呵！呵！將軍！」愛麗絲吃驚地扭頭看這新來的敵人。

來的是一位白騎士，他衝到愛麗絲身邊，像紅騎士一樣落下馬來，又騎回馬上。兩位騎士坐在馬上，互相盯著，好一會兒都不說話。愛麗絲看看這個，再看看那個，有些不知所措。

「她是我的俘虜，你知道的！」紅騎士終於開了口。

「不錯，但我已經來救她了！」白騎士回答。

「好，那我們要為她打一仗了。」紅騎士說著，拿起頭盔（掛在馬鞍上，形狀有點像馬頭）戴上。

「你會遵守打仗的規矩吧？」白騎士說，也戴上頭盔。

「我一向守規矩。」紅騎士說完，兩人就激戰起來。愛麗絲為免被殃及，躲到了一棵樹後。

「不知道他們打仗的規矩是什麼啊，」愛麗絲從藏身處戰戰兢兢地偷看著，一邊對自己說，「好像有一條規矩是，如果打中了對方，就能把對方敲下馬，如果沒打中，就會自己跌下馬。還有一條好像是，錘要雙手拿，就像木偶戲裡的木偶一樣。他們摔下來的聲音好響啊，像火爐用具掉在火爐圍欄上！馬好安靜啊！任由他們爬上滾下，像桌子一樣！」

還有一條比武的規矩愛麗絲沒注意到，他們好像摔下來都是頭先著地，最後他們一起並排這樣摔了下來，戰鬥就結束了。他爬起來，握了握手，紅騎士上馬離去。

「這是場光榮的勝利，是吧？」白騎士喘著氣走過來說。

「我不知道，」愛麗絲猶疑地說，「我不想當任何人的俘虜，我想當皇后。」

「妳會變成皇后的，等跨過下一條小溪，」白騎士說，「我會護送妳出樹林，然後我就要回來了，妳知道的，我只能去到那裡為止。」

「真謝謝你，」愛麗絲說，「要我幫你把頭盔脫掉嗎？」他顯然自己脫不了頭盔，最後她捧著頭盔搖來晃去才把他弄了出來。

「現在好呼吸多了。」騎士說，雙手把蓬鬆的頭髮往後理了

理，轉過溫和的臉，用溫柔的大眼睛看著愛麗絲。她想，從沒見過看上去這麼奇怪的戰士。

他穿著不合身的白鐵皮鎧甲，肩上掛著個形狀奇特的小隨身盒，底朝上，開著的蓋子在下面懸著。愛麗絲很好奇地看著。

「我看見妳在欣賞我的小盒子，」騎士友善地說，「這是我的發明，用來放衣服和三明治。妳看我把它倒著帶，雨就淋不進去了。」

「但東西會掉出來啊，」愛麗絲輕聲說，「你知道蓋子開著嗎？」

「我不知道，」騎士說，臉上掠過一絲懊惱的神情，「那東西一定都掉啦！沒有東西，盒子也沒用了。」說著解下盒子，剛要往灌木叢裡扔，忽然好像又想起了什麼，把它細心地掛在一棵樹上。「妳知道我為什麼要這麼做嗎？」他問愛麗絲。

愛麗絲搖搖頭。

「希望有些蜜蜂會來裡面做個窩，這樣我就能得到蜂蜜了。」

「但你已經有一個蜂箱——或一個像蜂箱的東西——繫在馬鞍上啦。」愛麗絲說。

「是的，那是個很好的蜂箱，」騎士不滿地說，「最好的那種。但一隻蜜蜂也沒飛來過。它還是一個捕鼠器，我想是老鼠使得蜜蜂不來，要不就是蜜蜂使老鼠不來，我不知道是誰因為誰而不來的。」

「要捕鼠器幹麼呀，」愛麗絲說，「馬背上不大可能有老鼠的吧。」

「大概不會，」騎士說，「但要是來了我不想讓牠們到處跑。」

「妳知道，」他停了一會兒又說，「凡事都未雨綢繆的好。所

以，我的馬腳上都戴著鐲子。」

「那是為什麼呀？」愛麗絲很好奇地問。

「防止鯊魚咬，」騎士答道，「這是我的發明。現在請幫我上馬，我陪妳走到森林盡頭。——那個盤子是做什麼用的？」

「盛水果蛋糕用的。」愛麗絲說。

「最好帶著，」騎士說，「要是我們發現了水果蛋糕就有的用了。幫我裝進這個袋子吧。」

雖然愛麗絲把口袋撐得好好的，但還是費了好一番工夫，因為騎士裝碟子的手腳實在太笨了，前兩三次他還把自己跌進袋子裡去了。「有點緊，妳看。」他們終於把碟子裝了進去，他說，「袋子裡的燭臺太多了。」他把口袋掛上馬鞍，而馬鞍邊已經掛了幾捆胡蘿蔔、火爐用具和很多別的東西。

「妳把頭髮紮好了吧？」他們出發時他說。

「就像平時一樣啊。」愛麗絲笑著說。

「不一定行，」他擔心地說，「妳看這裡的風這麼急，像救火一樣。」

「你有沒有發明什麼辦法不讓頭髮被風吹掉？」愛麗絲說。

「還沒，」騎士說，「但我有個不掉頭髮的辦法。」

「說給我聽聽呀。」

「妳先找根棍子豎在頭上，」騎士說，「然後讓妳的頭髮攀上去，像果樹一樣。頭髮會掉是因為它往下——東西從來不往上掉，妳知道的。這是我發明的一個辦法，喜歡的話可以試試看。」

這聽起來不是個舒服的辦法，愛麗絲想，她不說話走了一會兒，腦子裡還在想這個辦法，不時還要停下來幫助可憐的騎士，

他真不是個好騎手。

馬一停（牠很愛停下來），他就朝前摔，馬一走（牠總是說走就走），他就往後倒。另外，他還習慣性地往兩邊歪。除了以上的問題，他騎得也算滿好的了。由於他多半往愛麗絲這邊倒，她很快發現最好的辦法是不要走得離馬太近。

「我看你好像沒有好好練騎馬啊。」她第五次扶他坐上去時大膽地說。

騎士聽了這話顯得很意外，還有一點不高興。「妳為什麼會這麼說啊？」他一手抓住愛麗絲的頭髮，免得從另一邊摔下去，一邊爬回鞍上，一邊問。

「因為如果多練習，就不會這樣老是摔下來啊。」

「我練得很多，」騎士非常認真地說，「練得很多！」

愛麗絲想不出什麼比「真的嗎？」更好的話，就用盡量有熱情的口氣說了。之後他們默默走了一小段，騎士閉著眼，喃喃自語，愛麗絲憂心地看著他什麼時候再墜馬。

「騎馬的大藝術，」騎士突然揮著右臂大聲說，「就是保持——」說到這裡話又突然斷了，他頭朝下重重地砸在愛麗絲正走著的小路上，這回她嚇著了，扶起他緊張地問：「骨頭沒斷吧？」

「不值一提，」騎士說，好像他也不在意摔斷兩三根骨頭似的，「騎馬的大藝術，我正要說，就是好好保持平衡。像這樣，妳看——」

他放開韁繩，張開雙臂做給愛麗絲看，這回他摔了個面朝天，躺在馬腳下。

「練得很多！」愛麗絲把他扶起，他還在說，「練得很多的！」

「太扯啦！」愛麗絲再也忍不住喊了起來，「你該去騎一個有

輪子的木馬，真的！」

「那種跑起來穩嗎？」騎士很感興趣地問，手臂抱緊了馬脖子，總算沒再摔下來。

「比活馬穩多了。」愛麗絲雖然盡量忍著，還是小聲笑了出來。

「我要去弄一匹，」騎士想著說，「一兩匹或者——好幾匹。」

這之後安靜了一會兒，騎士又說：「我很會發明東西。我猜妳注意到了，剛才妳扶我起來的時候，我看起來在想事情？」

「你表情有點嚴肅。」愛麗絲說。

「嗯，我剛才在發明一個過閘門的新辦法——妳想聽嗎？」

「確實很想聽。」愛麗絲禮貌地說。

「我跟妳說我怎麼想到的，」騎士說，「妳看，我對自己說：『問題出在腳，因為頭已經足夠高了，閘門根本沒擋住頭。』所以，我要先把頭擱在閘門頂上，頭這樣高就夠了，接著就來一個倒立，腳也就夠高了，妳看，這樣就能翻過去了。」

「嗯，我想你這麼做是能過閘門的，」愛麗絲想著說，「但你不覺得這滿難的嗎？」

「我還沒試過，」騎士認真地說，「所以我不能肯定，不過我怕是會有一點難。」

他看起來很為此而煩惱，愛麗絲便趕緊換了個話題：「你的頭盔好特別啊！」她興致勃勃地說，「也是你發明的嗎？」

騎士自豪地往下看了看掛在馬鞍上的頭盔。「是的，」他說，「不過我還發明了一個比它更好的——像個錐形糖塊一樣。以前我戴著它的時候，如果我摔下馬，它會立刻著地，我就只要再摔很小一段。不過，肯定也有整個人掉進它裡面去的危險。我掉進去過一次，更倒楣的是，我還沒能爬出來，另一個白騎士過來撿

起來就戴上了，他以為是他的頭盔。」

騎士看上去很認真，愛麗絲也不敢笑。「我想你也弄疼他了吧，」愛麗絲忍著笑說，「待在他頭頂上。」

「當然，我只好踢他，」騎士很嚴肅地說，「然後他就又把頭盔脫了，但是我花了好幾個小時才從頭盔裡出來，我卡得太牢了——像坐牢那麼牢。」

「那不是同一種『牢』。」愛麗絲質疑說。

騎士搖搖頭說：「那一次真是所有『牢』的滋味我都嘗到了，我向妳保證！」他激動地舉起雙手，又立即滾下了馬鞍，一頭栽進了深溝。

愛麗絲跑到溝邊去找他，這次又把她嚇到了，因為他已經好好騎了好一陣了，她怕他這次是真要受傷了。然而，雖然她只看見他的鞋底，卻聽見他說話的口氣跟平常一樣，她於是鬆了一口氣。「所有的『牢』，」他又說了一遍，「但他把別人的頭盔——連同別人一起——戴到頭上，也太不小心了。」

「你頭朝下怎麼還能這麼平靜地說話啊？」愛麗絲問，一邊拉著他的腳把他拖拉出來，拖到溝岸上。

騎士對這個問題感到很奇怪。「我的身體在哪裡有什麼關係？」他說，「我的頭腦一樣在運轉啊。實際上，我頭愈往下，愈會發明新東西。」

「我發明過的最聰明的東西，」他停了停又說，「是我在吃肉的時候想出來的新式布丁。」

「正好來得及當做下一道菜？」愛麗絲說，「那真是動作很快。」

「呃，沒有做下一道菜，」騎士回想著慢慢地說，「沒有，不

是下一道菜。」

「那就是下一天的菜。我想你不會一頓吃兩道布丁吧？」

「呃，也不是第二天吃，」騎士又慢吞吞地說，「實際上第二天也沒吃，」他繼續說著，低下了頭，聲音也愈來愈低，「我想那種布丁沒人做過！實際上，我想將來也沒人會做！但它還是一種非常厲害的布丁。」

「你那個布丁是用什麼做的？」愛麗絲見可憐的騎士挺為這件事沮喪的，想給他些鼓勵，就問。

「先放吸墨紙。」騎士悶聲回答。

「那恐怕不大好吃欸……」

「單單吸墨紙是不好吃的，」他打斷她，相當認真，「但妳不知道和別的東西混起來，比如火藥和封蠟，味道就不一樣了。哎，我該和妳分開了。」這時他們來到了樹林盡頭。

愛麗絲一臉茫然，還想著布丁的事。

「妳難過了啊，」騎士關切地說，「我給妳唱首歌來安慰妳吧。」

「很長嗎？」愛麗絲問，她今天已經聽了好多詩歌了。

「長，」騎士說，「但非常非常美。每個聽我唱的人，不是流淚，就是……」

「就是怎樣？」騎士說到一半忽然停了，愛麗絲就問。

「就是不流淚，妳知道的。歌名叫做〈黑線鱈的眼睛〉。」

「哦，那首歌叫這個名字，是嗎？」愛麗絲想要感覺感興趣一點，就說。

「不，妳不懂，」騎士有點急躁地說，「那是『歌的名字』的

名字。其實『歌的名字』本身是『一個老年人』。」

「那我可以說那首歌叫這個了嗎？」愛麗絲改過來說。

「不，不能，那是另一回事！這首『歌』叫做『方法和手段』。這只是『歌』的名字，妳懂嗎？」

「那這首歌到底是什麼啊？」愛麗絲說，她已經完全聽暈了。

「我正要說，」騎士說，「這歌實際上是〈坐在柵門上〉，曲是我發明的。」

說著，他勒住馬，放下韁繩，一隻手打著慢拍子，淡淡的微笑猶如一層微光籠罩在溫柔而愚笨的臉上，沉醉在歌曲中一般，就這麼唱了起來。

在愛麗絲鏡中之旅所看到的所有奇怪的事情裡，這是她一直記得、最最清晰的一件。多年以後，這一幕仍能重回她面前，彷彿昨天才發生——騎士溫柔的藍眼睛和友善的笑容；斜陽在他的髮間閃爍，他盔甲上的反光耀眼燦亮，令她目眩；馬靜靜地走動了幾步，脖子上掛著韁繩，啃著腳邊的草；後面森林陰影濃重——這一切像一幅畫存在了她心裡，她一隻手遮在眼睛上，背靠著一棵樹，看著眼前奇異的人和馬，似夢似醒地聽著那曲調憂鬱的歌。

「可是調子不是他寫的，」她對自己說，「那是〈全都給了你，我毫無保留〉。」她站著專心地聽，但沒有落淚。

我會盡我所能地告訴妳，
　　雖然也沒多少意思。
我見到一個很老很老的人，
　　在那柵門上坐。
我問：「老頭，你是誰？
　　又是怎樣生活？」
他的回答流過我的腦子，
　　有如水穿過篩子。

他說：「我去往田野，
　　尋找睡在麥子上的蝴蝶，
把它們做進羊肉餅，
　　再叫賣在長街。
賣給出海的水手，
　　他們再去惡浪上漂曳。

這就是我的瑣碎生計，
　　　請你別把嘴撇。」

可我正尋思
　　　如何把鬍子染青，
再用一把大扇，
　　　讓人始終看不見。
沒用心在聽，
　　　也沒話可說。
便敲他的頭問：
　　　「你怎樣生活？」

他輕聲細語道來：
　　　「我有我的路走，
當我找到一條山澗，
　　　就放火將它點著；
他們用此原材料，
　　　做成羅蘭德的髮油。
付給我兩毛半，
　　　算是我勞苦的報酬。」

可我正尋思
　　　如何以麵糊果腹，
再假以時日，

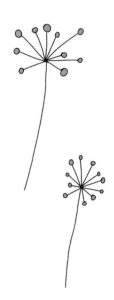

　　會有一點發福。
我把他用力搖晃，
　　搖得他面色如土，
「你怎樣生活，」我說，
　　「又如何自處？」

「我在石南花叢
　　尋獵黑線鱈的眼睛，
做成背心鈕釦，
　　趁著夜闌人靜。
它們既不能換黃金
　　也不能換銀，
只要半個銅板，
　　就能買上九粒。

「有時我挖掘奶油蛋捲，
　　或用塗膠樹枝黏螃蟹。
有時我前往青草丘，
　　尋找小馬車輪。
我這樣謀生，
　　得到了財富。
很高興舉杯，
　　祝你身體健康。」

我聽到了他的話，
　　因為我已想出辦法
不讓梅奈鐵橋生鏽，
　　要用酒來沸煮。
我謝他無私相授
　　他的生財之路，
但主要更是感謝，
　　他為我健康祝福。

而如今每當我
　　誤將手指插進漿糊，
或將右腳伸進了左鞋，
　　拚命拔也拔不出，
或重物砸上腳趾，
我都不禁會哭，
因為那都使我想起
曾經認識的那個老頭——

頭髮比雪還要白，
面孔就像隻烏鴉，

苦悲令他心煩意亂，
直把身體前後搖晃，
嘟嘟囔囔聲音小，
像嘴裡塞了生麵團。
水牛似的哼著氣，
坐在柵門上，
在那多年前的夏夜裡。

　　騎士唱出最後一句，挽起韁繩，將馬頭掉轉向來時的路。「妳只剩下一點路要走了，」他說，「下了小山，過了小溪，妳就會變成皇后了。——不過，妳會等一等先看著我離開嗎？」愛麗絲滿懷期待地看著他指的方向時，他又添上一句，「要不了多久的，等我拐彎的時候妳朝我揮揮手帕！那樣我就很開心了。」

　　「好的，我等你，」愛麗絲說，「很謝謝你陪我走了這麼遠，也謝謝那首歌，我很喜歡。」

　　「但願如此，」騎士不怎麼確信地說，「因妳沒有像我以為的那樣哭得很慘。」

　　兩人握了握手，隨後騎士騎著馬慢慢走進了森林。「希望不用等太久，」愛麗絲站著目送他，對自己說，「他又摔了！還是一樣頭朝下！還好他爬上去還挺方便的，馬周圍掛了那麼多東西……」她繼續自言自語，一邊看著馬不緊不慢地沿路漫步，騎士又摔下了馬，先是從這邊，然後從另一邊，四五次之後他到了轉彎處，於是她朝他搖手帕，直到他消失在視野裡。

　　「我希望他開心了，」她說，轉身往小山下跑，「還有最後一

條小溪，就能當皇后了！聽上去真厲害！」她沒跑幾步就到了小溪邊。「終於第八格了！」她喊著跳過了小溪。

*   *   *   *   *   *
    *   *   *   *   *
*   *   *   *   *   *

    對岸是一片柔軟得像苔蘚一樣的草地，到處點綴著一簇簇小花，她順勢坐下休息。「噢，真高興我到了這裡！哎，我頭上是什麼呀？」她驚訝地喊了起來，伸手去摸一個沉甸甸的、緊緊套在她頭上的東西。

    「它是怎麼不知不覺就在那裡的呀？」她問自己，一邊把它摘下放在腿上看是什麼東西。

    那是一頂金王冠。

Chapter 09
愛麗絲皇后

「哎呀，好厲害啊！」愛麗絲說，「想不到我會這麼快當上皇后。——陛下，我跟妳說，」她一本正經地說了下去（她向來喜歡訓誡自己），「妳這樣在草地上滾來滾去是不行的！做皇后要端莊，妳知道的！」

於是，她站起來走了走，剛開始有點不太會走，因為怕王冠會掉下來，但她又想，沒人看見她，就釋然了。「要是我真的是個皇后，」她又重新坐下說，「我很快就能應付得來。」

她一坐下就發現紅皇后和白皇后一左一右坐在她身邊，所有的事都那麼古怪，她一點也不感到驚訝了。她很想問她們是怎麼來的，又怕問這個不禮貌。不過，問問棋局結束了沒有應該沒關係吧。「不好意思，請問——」她畏畏縮縮地看著紅皇后開了口。

「別人跟妳說話了妳再說！」紅皇后猛地打斷了她。

「可是，如果每個人都照這個規矩，」愛麗絲說，她老是喜歡進行一點小抗辯，「如果妳只在別人跟妳說話了之後再說話，別人也一直在等妳說話，妳看就沒人說話了，所以……」

「笑話！」紅皇后喊，「咳，難道妳不知道，小孩——」說到這裡她皺著眉頭停了下來，想了想，突然換了一個話題，「妳說『如果我真的是個皇后』是什麼意思？妳有什麼權力這樣自封？要知道妳只有通過了正式考試才能當皇后。我們最好快點開始考。」

「我只是說『要是』！」愛麗絲可憐巴巴地辯解。

兩個皇后對看了一眼，紅皇后打了個冷戰，說：「她說她只說了『要是』……」

「可她說的遠不止那兩個字，」白皇后絞著手抱怨說，「比那多多了。」

「妳的確說了很多，妳自己知道，」紅皇后對愛麗絲說，「永遠說實話、想過再說、說完要寫下來。」

「我真的沒有意思……」愛麗絲話沒說完就被紅皇后不耐煩地打斷了。

「我最討厭這樣了！妳是有意思的！妳覺得沒有意思的小孩有什麼用處？就連一個笑話都有意思，何況小孩比笑話重要得多。別抵賴了，妳就是用兩隻手也抵賴不了。」

「我從來不用手抵賴。」愛麗絲反駁說。

「沒人說妳這樣做過，」紅皇后說，「我是說就算妳想，也沒用。」

「她心裡是這麼想的，」白皇后說，「她想抵賴，就是不知道要抵賴什麼！」

「真是品性頑劣。」紅皇后說，接著便有一兩分鐘令人不舒服的安靜。

後來紅皇后打破沉默對白皇后說：「我邀請妳參加今天下午愛

麗絲的宴會。」

白皇后淺淺一笑說：「我也邀請妳。」

「我完全不知道我有一個宴會，」愛麗絲說，「不過如果有的話，我想我也要邀請客人吧。」

「我們給妳機會請呀，」紅皇后說，「但我想妳還沒上過多少禮儀課吧？」

「禮儀不是上課學的，」愛麗絲說，「上課是教妳算術和諸如此類的東西。」

「妳會做加法嗎？」白皇后問，「一加一加一加一加一加一加一加一加一加一等於幾？」

「不知道，」愛麗絲說，「我來不及數。」

「她不會加法，」紅皇后插進來說，「那妳會減法嗎？八減九等於幾？」

「我不會八減九，」愛麗絲很乾脆地說，「但是……」

「她不會減法，」白皇后說，「妳會除法嗎？用刀除麵包，結果是什麼？」

「我想……」愛麗絲剛一說話，紅皇后就替她回答說：「當然是塗奶油的麵包。再試一道減法題：把一個狗的骨頭減掉，還剩什麼？」

愛麗絲想了想，「如果我拿走了骨頭，那剩下的肯定不是骨頭了，狗也不會留下，牠會來咬我，然後我肯定我也不會留下！」

「那妳覺得結果是什麼也沒有，是吧？」紅皇后問。

「我覺得是。」

「錯啦，又錯了，」紅皇后說，「剩下的是狗的脾氣。」

「可我不知道怎麼會⋯⋯」

「妳看啊，」紅皇后喊，「狗會發脾氣，對不對？」

「會吧。」愛麗絲謹慎地答道。

「那要是狗走開了，脾氣就會剩下呀！」紅皇后得意地說。

愛麗絲盡量認真地說：「它們說不定會各走各的路。」但她心裡忍不住想：「我們在胡說八道些什麼呀！」

「她根本一點算術也不會！」兩位皇后一起說，口氣很誇張。

「那妳會算術嗎？」愛麗絲突然問白皇后，因為她不甘心老是被人找毛病。

白皇后倒抽一口氣，閉上眼睛說：「我會做加法，」她說，「如果妳給我時間。但是，我無論如何也不會減法！」

「妳應該會背字母吧？」紅皇后說。

「當然會啊。」愛麗絲說。

「我也會，」白皇后低聲說，「以後我們一起背吧。告訴妳個祕密：我認識只有一個字母的單詞！是不是很厲害！不過別洩氣，以後妳也可以的。」

這時紅皇后又說話了：「妳能回答實用的問題嗎？麵包是怎麼做的？」

「這個我知道！」愛麗絲忙不迭地喊，「拿些麵粉——」

「上哪裡採粉？」白皇后問，「花園裡還是樹叢裡？」

「呃，那不是採來的，」愛麗絲解釋說，「是磨的——」

「要用多大的模子？」白皇后說，「妳不能老是漏掉很多事。」

「給她的頭搧搧風！」紅皇后連忙打斷說，「她想這麼多要發燒了。」於是她們便用成把的樹葉給她搧風，直到她求她們停

下，她的頭髮被攏得亂七八糟的。

「她現在又好了。」紅皇后說，「妳會說外語嗎？『嗚哩嘛哩』的法語怎麼說？」

「『嗚哩嘛哩』又不是英語。」愛麗絲認真地回答。

「誰說是英語啦？」紅皇后說。

這次愛麗絲想出了一個解圍方法：「如果妳告訴我『嗚哩嘛哩』是什麼語，我就告訴妳它的法語怎麼說！」她得意地說。

但紅皇后坐直了說：「皇后從不討價還價。」

「我希望皇后從不問問題。」愛麗絲暗想。

「別吵了，」白皇后急忙插話，「閃電的原因是什麼？」

「閃電的原因是打雷呀，」愛麗絲覺得這題她知道，就脫口而出，「——啊，不對！」她趕快糾正，「我的意思是反過來。」

「來不及了，」紅皇后說，「妳一說出一件事，它就固定了，然後妳得承擔這個後果。」

「我想起來——」白皇后緊張地把手握緊又張開、張開又握緊，看著地上說，「上星期二有一場好大的雷雨——我是說在上星期二裡的一天。」

愛麗絲困惑了，「在我們國家，」她說，「一天裡只有一天。」

紅皇后說：「那樣的日子太單薄可憐了。在這裡，我們一天起碼有兩三個白天和夜晚，有時在冬天我們把五個夜晚連在一起，為了暖和些。」

「那五個夜晚比一個夜晚暖和嗎？」愛麗絲大膽地問。

「當然，暖和五倍。」

「但照這樣說，也會冷五倍啊。」

「就是這樣！」紅皇后叫道，「暖和五倍，寒冷五倍，就像我比妳富有五倍、聰明五倍一樣啊！」

愛麗絲歎了一口氣認輸。「真像沒謎底的謎！」她想。

「蛋頭也看到了，」白皇后低聲繼續說，就像是在對自己說的，「他來到門邊，手裡拿著開瓶鑽……」

「他要幹麼？」紅皇后說。

「他說他要進來，」白皇后說，「因為他在找一隻河馬。但剛好那天早上屋子裡沒有河馬。」

「平時有嗎？」愛麗絲大為驚詫。

「嗯，只有星期四有。」白皇后說。

「我知道他為什麼來，」愛麗絲說，「他想教訓那些魚，因為——」

白皇后又說起來：「那天的大雷雨大得妳想都想不到！」（「她就從來都不會想。」紅皇后說。）「一部分屋頂被掀掉了，許許多多雷跑了進來，結成好幾大團在屋子裡打滾，打翻了桌子和別的東西，我太害怕了，連自己名字都想不起來了！」

愛麗絲心想：「我在事情發生的時候才不會去想自己的名字呢！那有什麼用呀？」但她沒說出來，怕可憐的白皇后不高興。

「陛下務必原諒她，」紅皇后對愛麗絲說，拿起白皇后的一隻手放在自己手裡輕輕撫摸，「她心是好的，但她常常止不住會說傻話。」

白皇后怯生生地看著愛麗絲，愛麗絲覺得該說些話來安慰她，但一時真想不出說什麼。

「她從小沒被好好帶大過，」紅皇后接著說，「但她的脾氣真

是好得驚人啊！拍拍她的頭，看她會有多高興！」但愛麗絲還是不敢這麼做。

白皇后深深地歎了一口氣，把頭靠在了愛麗絲肩上。「我好睏啊！」她喃喃地說。

「她累啦，可憐的小東西！幫她理順頭髮，把妳的睡帽借給她，再給她唱個好睡的搖籃曲。」

「我沒帶睡帽，」愛麗絲說，試著照辦了第一件事，「我也不會唱什麼好睡的搖籃曲。」

「那我來唱吧。」紅皇后說完就唱了起來：

好寶貝，乖乖睡，枕著愛麗絲的大腿，
宴會還沒準備好，時間足夠睡一覺。
等到宴會結束了，我們還要去舞會，
紅皇后、白皇后，還有愛麗絲，大家一起跳！

「現在妳知道歌詞了，」她說，把頭靠在愛麗絲另一邊的肩膀上，「給我唱吧，我也想睡了。」不一會兒兩位皇后就都沉沉睡去，打起了呼嚕。

「我要幹麼？」愛麗絲喊，不知所措地左看看右看看，先是一個圓圓的腦袋，接著是另一個，從她肩頭滾到了大腿上，沉甸甸地壓著。「我想以前從來沒發生過這種事，一個人要同時照顧兩個皇后睡覺！整本英國歷史裡都找不到，沒這種事，妳知道的，因為一時只能有一位皇后。快醒醒啊，妳們好重啊！」她不耐煩地說，可是只有輕輕的鼾聲，沒有任何回答。

鼾聲愈來愈清晰，聽上去像什麼曲調，最後她甚至聽出了歌詞，她聽得非常專心，以至於兩個大腦袋忽然從她腿上消失了，她都沒注意到。

　　此刻她站在一道拱門前，門上寫著「愛麗絲皇后」幾個大字，門兩邊各有一個門鈴拉手，一個寫著「賓客鈴」，一個寫著「傭人鈴」。

　　「我等歌唱完吧，」愛麗絲想，「我要拉——哪個鈴呢？」她被鈴上的字難住了，「我不是賓客，我也不是傭人，應該有個『皇后鈴』……」

　　這時門開了一條小縫，一隻長著長喙的動物把頭伸了出來說：「不許入內，下下週才開放！」然後又縮了回去，「砰」地關上了門。

　　愛麗絲又敲門又拉鈴，好久都沒人應。最後有一隻坐在樹下的老青蛙，站起來一顛一顛地走過來，牠穿著亮黃色衣服和一雙巨大的靴子。

　　「什麼事？」牠聲音低沉沙啞地輕輕說。

　　愛麗絲轉過來，正想找人出氣：「應門的僕人到哪裡去了？」她生氣地問。

　　「哪個門？」青蛙說。

　　牠說話慢吞吞的，拖長了語調，愛麗絲幾乎氣得跳腳：「當然是這個門！」

　　青蛙用牠大而無神的眼睛看了一會兒門，然後走到跟前用牠的大拇指搓了搓門板，像是在試試看會不會掉漆，隨後看著愛麗絲。

「應門？」牠說，「門叫了誰？誰要答應？」牠的嗓音沙啞，愛麗絲幾乎聽不清牠說什麼。

「我不知道你在說什麼。」她說。

「我說的又不是外國話，」青蛙說，「還是妳聾了？門叫什麼了？」

「沒什麼！」愛麗絲不耐煩地說，「是我在敲門！」

「不能敲啊……不能敲……」青蛙口齒不清地說，「它會『傷氣』的，妳知道的。」說完走向前用牠的一隻大腳踢了一下門，又一顛一顛地走回樹下，邊喘邊說：「妳不惹它，它也不惹妳。」

這時門突然開了，放出了一個尖銳的歌聲：

> 對鏡中世界，愛麗絲如是說，
> 「我手執權杖，我頭戴王冠，
> 鏡中眾生都請來，
> 與紅白皇后和我共餐！」

上百個聲音加入合唱：

> 速速斟滿玻璃杯，
> 鈕釦麥麩撒滿桌，
> 咖啡加貓、茶加鼠，
> 歡呼三十乘三次，愛麗絲皇后萬歲！

隨之而來的是一陣嘈雜的歡呼聲，愛麗絲想：「三十乘以三是

九十。不知道有人數嗎？」過不久喧嚷止了，同樣尖銳的聲音又唱起另一段：

> 「哦鏡中眾生，」愛麗絲如是說，
> 「見我是榮耀，聽我如訪善，
> 特邀喝茶和吃飯，
> 與紅白皇后和我共歡！」

接著又是合唱：

> 糖漿墨水斟滿杯，
> 只要好喝啥都行，
> 沙摻蘋果汁、羊毛混酒，
> 歡呼九十乘九次，愛麗絲皇后萬歲！

「九十乘以九！」愛麗絲絕望了，「那歡呼不完了！我還是馬上進去吧——」說著便走了進去，她一露面，頓時鴉雀無聲。

她往大廳裡走，緊張地沿著桌子看過去，看到有大概五十個客人，什麼樣的都有：有些是走獸，有些是禽鳥，甚至還有幾朵花。「很高興他們沒等邀請就來了，」她想，「我真不知道該邀請誰呢！」

桌子正首放著三張椅子，紅白皇后已經坐了兩張，中間那張空著，愛麗絲就在那張椅子上坐下，那麼安靜真的挺不自在，她很希望有人能開口說話。

後來還是紅皇
后先開口，「妳錯
過了湯和魚，」她
說，「上羊腿
吧！」侍者端
來一隻羊腿
放在愛麗絲
面前，愛麗
絲不安地看
著羊腿，因
為她從來沒
切過大塊
的肉。

「妳看著有點害羞，我來介紹你們認識，」紅皇后說，「愛麗絲，羊腿；羊腿，愛麗絲。」羊腿從盤子裡站起來向愛麗絲鞠了一小躬，愛麗絲回了個禮，也不知道是害怕還是好玩。

「我給妳們切一片好嗎？」愛麗絲說，拿起刀叉，轉頭看兩位皇后。

「當然不要啊，」紅皇后斷然說，「剛介紹完就切人家太不合禮數了。把肉撤下去吧！」侍者把羊腿端走，換上一大盤葡萄布丁。

「啊，請不要把我介紹給布丁，」愛麗絲趕忙說，「不然我們沒東西吃啦。要我給妳拿一點嗎？」

但紅皇后沉下臉咆哮地說：「布丁，愛麗絲；愛麗絲，布丁。把布丁撤了吧！」侍者就飛快地把布丁拿走了，愛麗絲連向布丁回禮都沒來得及。

然而，愛麗絲不懂為什麼只有紅皇后可以發號施令，於是她也試著喊：「侍應！把布丁拿回來！」布丁就像變戲法一樣瞬間又出現了，它好大，她感覺有點不好意思面對，就像之前對著羊腿一樣。她費了老大的勁克服了羞愧，切了一片遞給紅皇后。

「太粗俗無禮了！」布丁說，「要是我把妳切一片下來妳樂意嗎？妳這個人！」

布丁的聲音又厚又油，愛麗絲無言以對，只能坐著看著它倒抽一口氣。

「說話啊，」紅皇后說，「讓布丁一個人說話很奇怪吧！」

「知道嗎？我今天聽到好多好多詩啊。」愛麗絲說，她發現她一開口，周圍就全肅靜了，所有眼睛都盯著她，有點嚇人，「我

覺得有件事有點奇怪，就是每首詩都提到了水裡的動物。妳知道為什麼這裡的人都這麼喜歡水裡的動物嗎？」

她對紅皇后說話，紅皇后卻有點答非所問。「說到水裡的動物，」她湊到愛麗絲耳邊，慢而莊嚴地說，「白皇后陛下知道一個可愛的謎語，也是一首詩，也跟水裡的動物有關，妳要她背嗎？」

「紅皇后有心了，」白皇后對著愛麗絲另一隻耳朵嘟噥，聲音像鴿子咕咕叫，「很好聽的，要我念嗎？」

「請念吧！」愛麗絲很有禮貌地說。

白皇后高興地笑了，摸了摸愛麗絲的臉，就開始念：

> 抓起來簡單，
> 嬰兒都能辦。
> 買起來簡單，
> 只要一塊錢。
>
> 煮起來簡單，
> 不用一分鐘。
> 盛盤也簡單，
> 已經在盤裡。
>
> 拿來我們吃！
> 上菜很簡單。
> 掀開盤子蓋！
> 卻不夠能耐！

蓋子蓋得嚴，

佳餚在裡邊。

蓋子難揭開，

謎底也難猜。

「想一分鐘再猜，」紅皇后說，「趁妳想的時候，我們來為妳的健康喝一杯——祝愛麗絲皇后身體健康！」她高聲尖叫，所有賓客都舉杯喝酒。他們喝的方式也挺古怪的：有的把玻璃杯像滅燭罩那樣倒扣在頭頂，然後喝所有從臉上流下來的酒；有的把酒瓶打翻，等酒從桌邊淌下再喝；還有三個（看起來像袋鼠）爬進烤羊肉的盤子裡貪婪地舔起了肉汁。「就像在飼料槽狼吞虎嚥的豬！」愛麗絲想。

「妳應該說兩句話謝謝大家。」紅皇后皺著眉頭對愛麗絲說。

愛麗絲聽話地站起來準備說話，但又有點怯場。白皇后低聲說：「我們會支持妳的，放心。」

「非常感謝，」她低聲回答，「不過不支持我也可以的。」

「那絕對不行。」紅皇后堅決地說，愛麗絲便只好優雅地行禮接受。

（「她們還真的那麼用力拱！」她後來跟姊姊講宴會的情形時說，「妳會覺得她們想把我拱扁！」）

實際上愛麗絲講話時根本站不住，兩個皇后一人一邊用力拱她，幾乎要把她拱到空中。她剛說「我起來感謝……」就真的被「支持」得升了起來，離地好幾英寸，還好她抓住了桌沿，才勉強回到地上。

「妳自己當心啊！」白皇后雙手抓住了愛麗絲的頭髮尖叫道，「有事要發生了！」

接著（就像愛麗絲後來描述的）各種事情同時發生了。蠟燭都升長到了天花板上，看上去像一片頭頂著煙火的燈心草。每個酒瓶都急急忙忙地用兩只盤子當翅膀，用叉子當腳，拍著翅膀四下亂飛。「看起來真像鳥。」愛麗絲在混亂中還有一點閒心想。

這時她聽見身邊有一聲沙啞的笑聲，轉過去看白皇后怎麼了，可是白皇后不見了，卻有一隻羊腿在椅子上。「我在這裡！」一個聲音從湯碗裡傳出來，愛麗絲轉回頭，剛好看見皇后和氣寬闊的臉在湯碗沿上方對她咧嘴笑，接著就消失在了湯裡。

情況愈來愈緊迫。已經有好些賓客倒在了碟子裡，湯勺在桌上朝著愛麗絲的位子，不耐煩地招呼她讓開。

「我再也受不了了！」愛麗絲喊道，雙手抓著桌布跳起來，用力一拉，碗盤、碟子、客人，全都嘩啦啦落到地上，滾作一堆。

「至於妳，」愛麗絲轉過去對紅皇后嚴屬地說，她覺得這一切全是因為紅皇后在搗亂，但紅皇后不在她身邊了——紅皇后忽然縮成了個小娃娃那麼大，在桌上追著自己背後飄揚的披巾團團轉。

要是在平時，愛麗絲看到這情景會很吃驚，但她現在已經受夠了刺激，對什麼事情都不感到驚奇了。「至於妳，」她重複了一遍，在那個小人兒正跳過一只降落在桌上的酒瓶時一把捉住了她，「我要把妳搖成一隻小貓咪！」

Chapter 10
搖晃

　　她說著，把她從桌上抓起來，拚命地
前後搖晃。紅皇后沒反抗，只是臉變得很
小，眼睛變得又大又綠。愛麗絲
繼續搖她，她變得
愈來愈短……
胖……

Chapter 11
醒來

……牠真的是一隻小貓。

Chapter 12

是誰做的夢？

「紅皇后陛下不要喵喵叫得這麼響，」愛麗絲揉著眼睛對小貓
邊尊稱邊教訓說，「被妳吵醒了！我正在做一個好夢啊，妳和我
在一起，把鏡子裡的世界逛了一遍呢。妳知道嗎，親愛的？」

小貓有個很麻煩的習慣（愛麗絲有一次說過），不管你對牠們說什麼，牠們永遠是喵喵喵叫的。「如果牠們表示『是』就喵喵，『不是』就咪咪叫，或者別的什麼規則，」她說，「那還可以聊下去！可是牠們一直都在喵喵，怎麼聊呢？」

這時小貓只是喵喵著，根本猜不出牠是說知道還是不知道。

於是，愛麗絲從桌上的西洋棋裡找出了紅皇后，跪在地毯上，讓小貓和紅皇后面對面。「好了，凱蒂！」她這下勝券在握似的拍著手喊，「承認妳就是變成過那樣吧！」

（「不過牠不看棋子，」後來愛麗絲對姊姊解釋說，「牠把頭轉開，假裝沒看見，但樣子有點難為情，所以我想牠一定當過紅皇后。」）

「坐直一點，親愛的！」愛麗絲開心地笑了，「可以一邊行屈膝禮一邊想著要——喵喵什麼，這樣節約時間，記住啊！」她把牠抱起來親了牠一小下，「慶祝妳當過紅皇后。」

「小雪花乖乖，」她轉過頭來看著小白貓，牠還在耐心地接受梳理，「不知道黛娜什麼時候才能給白皇后妳打扮好呢？怪不得妳在我夢裡老是儀容不整。黛娜，妳知道妳是在給白皇后擦臉嗎？真的，妳真是大不敬！」

「那麼，黛娜變成了什麼呢？」她繼續自言自語，一面舒服地趴下來，手肘支著地毯，手托著下巴，看著貓兒們，「告訴我，黛娜，妳是變成了蛋頭嗎？我覺得妳是，不過妳先別跟妳朋友說，因為我還不確定。」

「還有，凱蒂，如果妳真的跟我一起去了我夢裡，那有件事妳肯定很喜歡——我聽人家念了很多詩，全都跟水裡的動物有關！

明天早上妳會吃到一頓真的飯，妳吃早飯的時候我就給妳念〈海象和木匠〉，然後妳就可以當自己在吃牡蠣，親愛的！」

「現在，凱蒂，我們來想想到底是誰做的夢，這是個重要的問題，親愛的，不要老是那樣舔爪子——黛娜早上不是幫妳洗過了嗎？妳看，凱蒂，做夢的不是我，就是紅國王，當然，他是我夢境的一部分，但我也是他夢境的一部分啊！那是紅國王的夢嗎，凱蒂？妳是他的妻子，親愛的，所以妳應該知道——哦，凱蒂，幫我弄清楚這個問題吧！等下再舔爪子！」可是氣人的小貓只是舔起了另一隻爪子，假裝沒聽到問題。

那麼，你覺得做夢的是誰呢？

一條船在餘暉下，
如夢似幻，向前漂蕩，
在七月的傍晚。

三個小孩靠過來，
目光熱烈，豎起耳朵，
請我把故事說。

朗朗晴空變黯淡，
回聲凋殘，記憶不再，
秋霜殺死七月。

她仍在我心縈繞，
愛麗絲啊，栩栩如生，
醒時不得而見。

孩子們為著故事，
目光熱烈，豎起耳朵，
可愛地靠過來。

他們置身奇境裡，
流連夢中，時日消逝，
在夢中夏日盡。

我們且順流而下，
夕陽澄金，逗留漸隱，
人生難道不是夢。

與時間為友，與愛同在

許多人在聽到這本書時會說：「哦，那本小孩……的書嗎？」也許一開始想說「小孩看的書」，然而對它所受到的推崇有所耳聞，最後含混地說了出來。

小孩真的會喜歡它嗎？我不知道。我想我小時候並沒有喜歡上它，我記得我被許多其他的書吸引，但這本並沒有留下太多印象——我肯定讀過。它看上去有太多胡攪蠻纏、瘋瘋癲癲的「廢話」，還有些不知所云的詩歌，它們都像嗡嗡作響的蜂群之霧一樣，干擾我「入勝」。小孩喜歡不著邊際地跳著說話，也很喜歡摳字眼抬槓，還喜歡發明出除了她沒人知道是什麼意思的詞，頻頻使用，樂不可支，這本書也是如此。也許對小孩講一個胡說八道的故事會讓她開心，但可能無法取悅不在當場、後來閱讀你們之間瘋言瘋語的記錄的小讀者。

我變大了一些之後開始喜歡它，但我得承認，有一半的喜歡源自並非直接得來的印象。我喜歡它神祕而怪誕的氣息，那很酷，不是嗎？孤身闖入夢境的女孩，嬉皮或龐克或哥德式的角色，絢麗、詭異、暴戾，瘋狂而理性，冷峻又甜美。藝術家描繪它，每

一幕都太好作畫;詩人愛它,寫它,而它又變成別人的卷首引語;他們為它創作,或者說,它讓他們創作,「重要的是誰是主人」,就像胖蛋說的;物理學家和數學家更熱烈地愛它,它描繪他們的那個世界,並在那個世界裡放了一個小女孩,於是他們用它來替各種事物命名:「愛麗絲把手」、「愛麗絲宇宙」、「愛麗絲線」、「柴郡貓量子」……還有電影電視、音樂和電子遊戲。愛麗絲的故事在它本身之外有了許許多多個分身,它自己本身也包含著無數個疊影,然後它就有了或成了一團比它原本更大的迷人的光暈,帶光暈的影像,令人目眩神迷。

還有許多人研究它:愛麗絲的身高之謎,還原鏡中棋局的每一步……「想把它弄清楚!」他們刨根究底,有點兒像……《宅男行不行》裡的人討論《星際爭霸戰》與《魔戒》?不過,我對許多「定要弄個水落石出!」或是「我看出了新門道!」的討論都不太感興趣。有些甚至讓我厭煩。在我看來,一個作品它如此呈現,便是完整無缺的。我更喜歡就那麼感受它,接收它散發的全部資訊。而它以外的部分,你可以想像和推測,那是你的事,不關它的事。它含混、曖昧、飽滿、豐盛、跳動不安,被書呆子

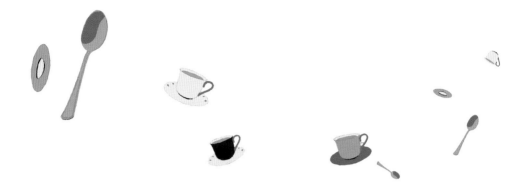

氣的人搞得扁平乾癟。無數種意思，氤氳環響，不該被誰講成某一種意思。曖昧不清、無限豐富，就像天使的光環和翅膀。詩歌本身充滿歧義和奇境，被校對修改規整，變成普通的詞句，許多人愛幹這樣的事，尋找或給出唯一的解釋。使胡話詩變清晰，自以為是而無益處。我「不想弄清楚！」，不是追求更少，而是更多。它本來就不清楚，為什麼要把它弄清楚呢？更確切即是更不確切。（我也沒有在我的譯文裡添加任何注釋——我滿可以寫上一些，但我平常討厭太絮叨的翻譯——煩人的評論音軌——何況又不是主人，至於翻譯所動的手腳，透過注釋也找補不了，只好就這樣。）

即使沒有變身，愛麗絲本身的形象也令人喜愛，卡洛爾（在與他的愛麗絲泛舟二十五年以後）這樣描述筆下她的性格：「夢境裡的愛麗絲，在妳的創造者眼裡，妳是什麼模樣？他該怎樣描繪妳？可愛是最重要的，要可愛與溫柔：跟小狗一樣可愛，如小鹿般溫柔；然後是有禮貌——對誰都一樣，無論對方地位高低，偉大或怪誕，是國王或毛毛蟲，即便她自己是國王的女兒，身穿金縷衣；再來則是願意相信與接受一切最荒謬與不可能的事物，展

現出只有做夢的人才具備的極度信任態度；最後則是好奇──好奇心強烈無比，而且對於人生感到極度愉悅，這種愉悅只有在童年的歡樂時刻才會出現，因為在那當下一切都是如此新鮮美好，也不知罪惡與哀傷為何物，兩者只是空洞的詞彙！」

　　如今我已是個地地道道的大人，被故事中的時間與愛擊中。夏天總是最美好，萬物閃光，但很快過去。此時夏末秋初，「一天又將盡令人心焦」。鏡子外的屋外雪花紛飛，鏡中沒有寒意（鮮花盛開，溪水流動）。有人開罪了時間，就被棄而不顧在永遠的下午六點裡。有人倒著過日子，能記得未來。他們泛舟河上並講了愛麗絲的故事的那天，一八六二年七月四日，那天牛津一帶的天氣「涼爽而潮溼」，下午兩點後開始下雨，烏雲密布，最高溫度為十九點九攝氏度，但據說卡洛爾和愛麗絲都記錯了，他們記憶中那天十分晴朗，陽光明媚。他的年齡是她的三倍整，而他們的年齡加起來是她年齡的四倍。如果這個描述不限定在那時候，他們就會一直按照這個比例生長，她二十歲時他將六十歲，她三十歲時他九十歲……誰說不行呢？有的地方一天起碼有兩三個白天和夜晚，有時在冬天他們把五個夜晚連在一起，為了暖和

些。假如他們一起走，過多久她會和他一樣大？多久都趕不上啊——倒退著走就可以。

《鏡中奇緣》第八章，恐怕是愛麗絲的全部旅程中最溫柔的一段。有人說白騎士像堂吉訶德……並且在《堂吉訶德》第二部第四章裡，堂吉訶德勞煩一位學士給他的心上人杜爾西內婭寫辭行詩：「他要學士務必把那位小姐芳名的字母，挨次用作每行詩的第一個字母；全詩每一行的第一個字母就拼成『杜爾西內婭·台爾·托波索』這名字。……堂吉訶德說：『就得這樣；女人一定要看見自己名字明明白白標在詩裡，才相信那首詩是為她作的。』」卡洛爾也把愛麗絲的名字（Alice Pleasance Liddell）寫進了結尾詩的開頭（原諒我沒有辦法使它在中文裡仍是一首藏頭詩而又仍是原來的詩，我認為不值得為了「藏頭」而自行編造新的詩句。順便說，在有些地方我編造了新的，譬如睡鼠的講述裡M開頭的東西原文是「捕鼠器、月亮、記憶、差不太多」，我擅自改成為「墨汁、滿月、祕密、馬虎眼」。這樣的地方還有一些，都是我權衡的結果。又比如把滿是自創機關的詩裡的「green pig」寫成了中文的「猜」，「這是我的發明」，學白騎士的話說，也會

有點滑稽可笑和令人疑惑嗎？算了，反正我也願意當白騎士，護送你一程）。但西元三百年前的羅馬詩人已寫過藏頭詩，而卡洛爾告訴過插圖畫家，白騎士不是老頭：「白騎士絕對不可以有鬢角，不能讓他看起來是個老頭。」（然而在最為人熟知的一個版本的插圖裡，白騎士完完全全是老頭。）所以與堂吉訶德的相似之處——比如說笨拙、堅韌、異想天開而又多愁善感——只是相似，多少惹人喜愛的人不是那樣呢。與其說是堂吉訶德，不如說是卡洛爾自己吧，頭髮蓬鬆，面容友善，目光溫柔，帶著淡淡微笑，愛從不尋常的角度想「沒用」的事，愛發明東西——卡洛爾的日記裡寫著各式各樣的發明。

白騎士「一隻手打著慢拍子，淡淡的微笑猶如一層微光籠罩在溫柔而愚笨的臉上」，唱起歌來，「斜陽在他的髮間閃爍，他盔甲上的反光耀眼爍亮，令她目眩；馬靜靜地走動了幾步，脖子上掛著韁繩，啃著腳邊的草；後面森林陰影濃重」——真是溫柔得令人心痛的一幕。就算你今日懵懂，不明所以，也希望這一切能像一幅畫存在你心裡。陪你走到森林盡頭，然後告別，希望你別忘了我。他唱的那首歌，標題深情而歌詞貌似戲謔，一個真正

體貼溫柔、不願使對方受到一點驚擾或有絲毫壓力的人會這樣做——想表達我的愛，又不要看起來是真的。而歌裡，年長者平靜而誠摯地訴著衷腸與生平苦楚（但毫不渲染苦楚），年輕聽者只記掛著自己的事，漫不經心地聽著，任憑老者的話流過腦子，有如水穿過笸籮，這也恰似白騎士（或卡洛爾）與愛麗絲之間的狀況：他已傾心相訴，不能再多，而她只希望他的歌別太長，別多耽誤她接下來的行程，她滿懷期待地看著前方——不用多久，下了小山，過了小溪，她就會變成皇后。他的歌並沒有打動她，她像所有孩童一樣無情，但體貼、有禮貌、善良，也僅僅是這樣。他只能陪她到這裡，就要回他的黑森林裡去了，他是個受到種種限制的大人，而她自由自在，未來比他的要長。歌裡，多年以後，年輕的聽者回想起了那個多年前的夏夜、那個悲苦的老頭，這是願望吧，而使年輕人想起老頭的、他親自感受到的苦楚又是多麼的微小。

被淡然處之的悲傷與歡樂並行，化作輕歌曼舞，鋪在迷狂的後面，人生則令人感動而已，一如卡洛爾在一篇〈祝每個喜歡《愛麗絲》的小朋友復活節快樂〉裡說：「如果有機會能在夏天清晨

醒來時聽見鳥兒在唱歌，涼爽的徐徐微風從敞開的窗戶吹進來，此刻懶洋洋的你眼睛半開半閉，像在做夢似的看見綠枝搖擺，充滿漣漪的水上金色的波光粼粼，你知道那種如夢似幻的感覺有多美妙嗎？那是一種與悲傷相去不遠的樂趣，就像因為欣賞了美麗的圖畫或詩歌，因此讓眼淚奪眶而出的感覺。」此時無論你多大，只當是年長的孩童，我們且順流而下，人生難道不是夢？祝你快樂，與時間為友，與愛同在。

二〇一七年十月

鏡中奇緣 / 路易斯・卡洛爾著；顧湘譯 . -- 初版 . -- 臺北市：時報文化，2020.07
144 面；14.8×21 公分 . -- （愛經典；39）
譯自：Through the looking-glass and what Alice found there
ISBN 978-957-13-8257-9（精裝）

873.596   109008510

作家榜经典文库®
★ ★ ★ ★ ★ ★ ★ ★ ★

ISBN 978-957-13-8257-9

Printed in Taiwan

愛經典 0 0 3 9
鏡中奇緣

作者一路易斯・卡洛爾｜譯者一顧湘｜編輯總監一蘇清霖｜特約編輯一劉素芬｜封面設計─FE 設計｜內頁插圖─Miss Miledy、Ilyicheva Alexandra Yuryevna｜作家榜美術編輯─李柳燕｜企劃經理一何靜婷｜董事長一趙政岷｜出版者一時報文化出版企業股份有限公司　一〇八〇一九台北市和平西路三段二四〇號四樓　發行專線─（〇二）二三〇六─六八四二　讀者服務專線─〇八〇〇─二三一一七〇五、（〇二）二三〇四一七一〇三　讀者服務傳真─（〇二）二三〇四一六八五八　郵撥一一九三四四七二四時報文化出版公司　信箱一一〇八九九台北華江橋郵局第九九信箱　時報悅讀網─http://www.readingtimes.com.tw　電子郵件信箱─new@readingtimes.com.tw｜法律顧問一理律法律事務所　陳長文律師、李念祖律師｜印刷一詠豐印刷有限公司｜初版一刷一二〇二〇年七月十日｜定價一新台幣三二〇元｜（缺頁或破損的書，請寄回更換）